꿰뚫린 전장은 거기서 사라져라

—탄환 마법과 고스트 프로그램—

III

우에카와 케이 지음
TEDDY 일러스트
김성래 옮김

불꽃이 작열하며 피어오른다.

수천 도에 달하는 열선이 전장을 지배한다. 지반조차 불사르며 낙인을 찍는 화염을 헤치며 수십 기 이상의 기갑 전차가 달려 다니고, 탄환이 비처럼 내리쏟아지고 있다.

멈춰 서는 기체는 단 하나도 없었다.

전황은 비등비등했다.

동방국과 서방국.

쌍방이 열 기의 엑세리아로 진형을 형성한 채 장애물이 많은 암석 지대에서 전투를 계속 중이지만, 교전을 개시한 지 얼마의 시간이 지나도 단 한 기도 격추되지 않고 대치하고 있는 와중이었다.

양군의 실력에 차이는 없다.

양군 모두 엑세리아를 한 기도 잃지 않은 채 교전을 계속하고 있다. 아클로 산지는 탁 트인 평지 부분이 많아 탄환을 육안으로 확인하기 수월한 이유 때문에 쌍방이 결정적인 타격을 가하지 못하는 상황이었다. 마도사가 보유한 공각질(共覺質)(쿼리아)은 음속의 탄환조차 회피를 가능케 한다. 우연히 피탄당하는 사태는 일어날 수 없다.

승리 조건은 하나—.

전력에 명확한 차이가 발생하는 것.

그렇지 않으면 결판은 나지 않는다.

하지만 장시간에 걸쳐서 이어졌던 동서의 대치는.

"—뭐냐."

갑작스럽게 나타난.

"저 기체는—."

어느 한 기체의 참전에 의하여 무너졌다.

그것은 「흑색의 기체」.

일반적인 기체와 너무나 다른 형태를 띤 기체였다.

—흑빛.

기묘한 형체를 본 전장에 있는 모두가 얼어붙는다.

양산형 엑세리아에 사용하는 특수 합금의 배색이 아니었다.

먹물에 푹 절인 것처럼 빛을 일절 반사하지 않는 칠흑빛의 색채를 띠는 그 기체는 우선 일반적인 엑세리아와 비교하면 두 배는 족히 긴 길이를 자랑하고 있었다.

모두가— 숨을 죽였다.

흑색의 거대 엑세리아.

지나치게 긴 길이는 고속 이동이 가능한 구조가 아님을 한눈에 알 수 있었다.

회피에 불리한 형태임은 명백하다.

엑세리아는 고출력 엔진을 사용하여 가벼운 기체를 움직이기에 비로소 높은 운동성을 자랑할 수 있다.

무거워서 제대로 못 움직이지도 못하리라.

하지만 저 거체는.

"—윽!"

나타난 위치에서 뛰쳐나가더니, 몇 초도 지나지 않아 단숨에 최고 속도까지 다다랐다. 아울러 기세를 살려 곧바로 동방국의 엑세리아 기갑 사단에 돌진을 감행했다. 하지만 고속일지언정, 탄환보다 빠르지는 않다. 단순한 직진. 게다가 기체를 내던지는 공격인지라 궤도도 뻔하다.

따라서—.

회피는 당연히 수월해야 했다.

그러나 동방국의 기체가 즉각 공격을 피한—.

"—말도 안 돼!"

직후에.

거체가 휙, 꺾였다.

직각으로.

그렇게 곧장 회피를 시도하지 못한 동방국의 기체 몇 기와 격돌한다.

굉음이 울려 퍼졌다.

무시무시한 충격이 전장을 달려 나간다.

바위를 깨부수는 듯한 돌격에 당한 기체는 사방으로 흩어지며 부품째 부서졌다. 그와 동시에 탑승해 있던 마도사의 육체도 붉게 흩날리며 원형조차 남기지 못한 고깃덩어리가 되어 지면에 나뒹굴었다.

—일격.

고작 한 번의 돌진.

고작 일격으로 기갑 전차를 파괴한 저 기묘한 『흑색의 기체』는.

"……큭!"

다음 표적을 결정하기 위하여— 진행 방향을 바꾸기 시작했다.

꿰뚫린 전장은 거기서 사라져라 III

—탄환 마법과 고스트 프로그램—

THE PENETRATED BATTLEFIELD SHOULD DISAPPEAR THERE

BULLET WITCHCRAFT AND GHOST PROGRAM

CONTENTS

—이 소녀를 죽이게 될 사람은,
틀림없이 자기 자신이라는 것.

1. 제2세대 엑세리아「첨인형(尖刃型)」

“이것이 얼마 전 촬영된 전투 기록입니다.”

제2세대 엑세리아.

통상 엔진의 출력을 아득하게 웃도는 성능을 자랑하는 플로 엔진을 탑재함으로써 종래의 엑세리아와 일선을 긋는 성능을 갖춘 새로운 기체.

다만 이러한 특수성을 이유로 양산이 불가능하기에 한정 생산된 소수의 몇 기만이 시험 운용을 위해 전장에 투입되어 있다.

그리고 그중 한 기가『첨인형(尖刃型)』이라 불리는 기체였다.

영상만 봐도 인정할 수밖에 없다.

제2세대는 파격적인 성능을 갖춘 기체임을.

“이 영상에 찍힌 검은색 기체는 제2세대 엑세리아 중 하나,『첨인형』이라는 기체입니다. 몇몇 분류가 있는 제2세대 엑세리아 중 가장 빠르게 시험 제작되었으니 모든 제2세대 엑세리아의 원형이라고도 말할 수 있겠죠. 플로 엔진은 이『첨인형』과 함께 완성을 맞이했습니다.”

플로 엔진.

본래 이 엔진은 동방국 오르토메니아만이 보유한 기술이었다. 수학자 클레이스 파르망이 구조를 개발했고, 이후 막대한 자금을 투입해서 완성시켰던 국가 단위의 선진 기술.

그런데 그 엔진을 탑재한 기체는 현재.

"서방국에 넘어간 두 기 가운데 한 기는 이렇듯 전장에 종종 출현하더군요. 아마 데이터를 얻기 위해서겠죠. 저쪽 입장에서는 미지의 기체이니까요."

냉정한 분석.

바로 본인이 개발자이기 때문일 테지.

클레이스는 기록에 남은 영상을 단순한 데이터로 받아들이고 있다. 자신이 만들어 낸 기체의 성능을 객관적인 분석을 통해 담담하게 말로 정리한 뒤 알려주었다.

그리고 그 말을 들으면서.

"……."

한 명의 소년.

학장실에 소집되어 왔을 때 클레이스가 전장을 종횡하는 『첨인형』의 영상을 보여주자 줄곧 제 손에 피가 배어날 만큼 꽉 쥐고 있었던 학생병, 레인은.

'제2세대 엑세리아—.'

사고에 잠겨 들어갔다.

이틀 전.

레인 란츠는 하나의 사투를 헤쳐 나왔다.

그것은 청색의 탄환을 보유하여 다른 적과는 결이 다른 탄환 마법을 구사함으로써 『포문형』 엑세리아를 탈취하러 왔던 망령(고스트) 데드림과의 싸움이었다. 또한 처절했던 전투는 데드림의 파트너 이스나라는 인물의『소멸』에 의해 종막을 맞이했다.

—소멸.

인간이 사라지는 것.

단순한 죽음이 아니다.

레인이 보유하고 있는『악마의 탄환』에 꿰뚫려 죽는 인간은 이제껏 살아왔던 흔적 및 공적을 비롯한 인간으로서 남겨왔었던 모든 것이 삭제되고, 이 같은 소멸에 의해 세계는 새로 거듭난다.

—『재편성(리프로그램)』.

쏘아 죽인 인간이 처음부터 없었던 세계로 개변되는 현상. 그 현상을 일으키는 탄환을 만들어 낸 소녀가 부르는 명칭이다. 레인에게 탄환의 힘을 위임하고 쭉 향방을 지켜보겠다는 말을 전하며.

레인은 탄환을 사용했다.

수없이, 되풀이하며.

목적은 단 하나.

100년 넘게 이어지고 있는 이 전란을 종결하는 것.

끝나지 않는 파괴와 유린의 교차를 끊어버리자는 목적으로 거듭 전장을 바꿔 나가며 레인은 악마의 탄환으로 적의 존재를 지워왔다.

물론 이해하고 있다.

이 탄환이 초래하는 것은 글자 그대로.

'악마의 힘.'

본래는 사용 자체가 용납되지 않는 악마의 힘이다.

죽었다는 사실조차 남기지 않는 「소멸」이라는 결과. 단순한 사망보다도 아득히 잔혹하며 생명 자체를 모독하는 행위—벗어날 수 없는 죄의 십자가를 메는 격이다.

그러나 소년은 결심했다.

아무리 많은 죄를 쌓더라도.

아무리 손을 붉게 물들이더라도.

이 전쟁을 끝내겠다.

영구히 지워 없애겠다.

그것을 위해, 싸워 나가겠다고.

그리고 며칠 전 겪었던 전장에서—.

레인은 한 명의 남자를 지워 없앴다.

대상은 이스나 콜이라는 이름의 서방국 장교.

그 남자가 망령 데드림을 만들어낸 원인이었기에, 처음부터 그 남자가 존재하지 않은 세계를 만든다면 데드림은 과거에 전사한 채 다시는 되살아나지 못한다. 또한 데드림이 존재하지 않으면 서방국은 제2세대 엑세리아를 빼앗을 수 없었다.

동방국은 제2세대의 기술을 독점할 수 있다.

제2세대 엑세리아를 히든카드로 보유할 수 있다.

—그렇게 생각했다.

다만 이스나라는 인간이 사라진 세계는.

'서방국에, 대체 왜 제2세대가—.'

예측과 전혀 다르게.
크게 뒤틀린 양상을 맞이했다.
"흐음."
누군가가 재생기에 출력되는 영상을 보며 중얼거린다.
"굉장한 기체가 있구나."
"그게 전부입니까?"
"정보가 없는데 무슨 말을 하겠어."
방에는 세 사람이 있었다.
레인을 제외하면, 두 사람뿐.
한 사람은 아레스트라 교도원의 학장이자 동시에 제2세대 엑세리아를 만든 제작자, 클레이스 파르망. 그리고 또 한 사람은 긴 은발을 흔들거리는 소녀.
"그래서, 첨인형이라는 게 뭐야?"
"간단하게 말하면 오직 『튼튼하고 무거운』 기체입니다."
"흠."
"가장 원시적인 콘셉트를 추구했던 결과물이죠."
클레이스와 대화 나누고 있다.
평범한 인간 같아 보여도 알맹이는 다르다.
소녀는 먼 옛날, 100년 전에 죽었지만 새로운 육체를 얻어 되살아난 존재다.
악마의 탄환을 만들어 낸 마도사— 망령 『에어』.
소녀를 곁눈질하며 레인은 떠올렸다.
'일단은 평소와 같은 모습인가.'

지난 며칠 동안의 기억을.

망령 데드림의 소멸.

그것은 세계에 두 가지 현상을 불러일으켰다.

하나는 강력한 성능을 보유한 제2세대 엑세리아가 서방국에 넘어가버려 이제껏 동방국이 독점했던 기술이 유출되었다는 것. 다른 하나는 개변되기 전의 세계에서는 전면에 나온 적 없었던 제2세대 엑세리아가 이미 널리 알려진 기술이 되었다는 것이다.

무척 큰 차이점이었다.

제2세대 기체는 분명 강력하다.

하지만 많은 기밀이 적용되어 있는 이상, 실전 투입에는 온갖 위험성이 뒤따른다.

만약 전장에서 노획당하면 곧장 기술을 도둑맞는 셈이다. 신기체를 전장에 투입하려면 양산 가능한 체제를 갖춘 뒤 타국에서 쉽사리 따라 할 수 없는 단계까지 기술을 발전시킬 필요가 있었다.

그런데 모든 정황이 어그러졌다.

망령 데드림이 소멸되어 개변된 새로운 세계—.

그곳에서 **서방국은 이미 기체 약탈에 성공했다**. 또한 동방국보다 이른 시기에 제2세대 기체를 실전에 투입함으로써 전장에서 활용하기 위한 수많은 데이터를 수집하고 있는 단계에 진입했다.

이틀 전—.

레인은 그 사실을 알게 되었다.

세계의 개변을 인식한 인물은 개변된 세계의 정보를 스스로 모아야 한다. 아울러 제2세대 기체와 관련되어 달라진 상세 정보를 얻을 필요가 있다고 판단한 뒤, 에어와 상담을 거쳐 레인은 누구보다도 많은 정보를 파악하고 있을 클레이스에게 부탁했다.

제2세대 엑세리아.

신무기와 관련된 여러 정황은 지금 어떠한 변화를 맞이하였는가.

그렇게 설명 자료로써 보게 된 것이 『첨인형』의 전투 기록이었다.

"첨인형……."

영상은 20분 정도.

전투의 기록을 위하여 동방국에서 찍은 자료였다.

흑백 화면에, 흔들림도 심하다. 그냥 보기만 해도 어지러워지는 동영상이지만, 가장 중요한 정보— 첨인형이 어떤 방식으로 전투를 하는지 파악하기에는 충분히 가치가 있는 영상이었다.

"첨인형에 관하여 조금 더 이야기하죠."

클레이스가 설명한다.

이 인물은 레인과 에어와는 달랐다.

악마의 탄환을 소유한 자가 아니다.

세계의 개변을 인식하지 못한다.

이 인물에게 지금 세계의 상황은 전혀 특별할 것이 없다는 뜻이다.

다만 40년 전부터 구면이었던 에어가 「이 세계의 소식을 가르쳐줘」라고 부탁하자 클레이스는 가지고 있는 정보를 상세하게 알려주기 시작했다.

아울러, 대화의 첫 주제.

그것은 이미 결정되었다.

제2세대 엑세리아다.

"첨인형의 특징은 일단 『단단하고 무겁다』 입니다."

클레이스는 손가락을 들었다.

손가락이 향한 곳에서는 영상이 쭉 흘러나오고 있었다.

흑색을 띤 거대한 기체가— 오직 돌진과 충돌만으로 목표를 잇따라 분쇄하는 광경이다.

"외형을 보면 알 수 있듯, 일반적인 엑세리아는 길이가 4미터 정도이지만 첨인형은 두 배에 가까운 8미터를 넘어갑니다. 높이도 마찬가지로 두 배는 높기 때문에 단순하게 비율을 계산해봐도 중량이 여덟 배 이상이겠죠."

클레이스는 종이를 한 장 펼쳤다.

그것은 클레이스 자신이 과거에 작성했던 첨인형의 도면이었다.

상세한 구조가 그려져 있다.

클레이스는 그중 하나의 수치를 가리켰다.

"다만 이 기체는 평범한 엑세리아와 비교하여 약『오십 배』의 중량을 보유하고 있습니다."

"오십 배라니……."

"대략 2만 킬로그램. 20톤입니다."

파격적이라 말할 수 있는 숫자.

그 수치를 들었을 때, 레인뿐 아니라 에어의 얼굴에서 경악한 표정이 떠올랐다.

그렇게 기겁할 만큼— 무거웠으니까.

'오십 배…….'

기존 엑세리아보다 거대한 크기 때문에 꽤나 무거울 것이라고 예측했었다.

그런데 실제 중량은 예상을 훨씬 뛰어넘는 황당한 숫자가 튀어나왔다.

"이 무게는 화물 운반용으로 쓰는 대형 차량의 무게와 비슷합니다. 물론 단순한 차량이라고 생각하면 특별히 무거운 건 아니에요. 다만 이 기체는 차량이 아닌 엄연히 엑세리아— 핵은을 사용한 경장갑, 또한 고출력 엔진을 써서 신속하고도 면밀한 운동능력을 구현하는 데 주안을 둔 전술 병기입니다. 이런 고중량의 기체, 보통은 어불성설이죠."

더욱 가볍게.

더욱 빠르게.

다채로운 동작을 구사하며 전장의 꽃이 된 엑세리아.

목표로 한 것은 단순한 사륜 차량이나 마차와 같은 직선적인 움직임이 아니다.

주안점은 단 하나.

그것은 전차로는 불가능할 만큼 다채로운 움직임—.

글자 그대로『생물의 움직임』을 기계로 재현하는 것이다.

인간과 동물은 다관절로 구성된 사지의 구부러짐과 뻗음을 활용해 자신의 무게를 제어한다. 도약 및 급격한 방향 전환을 결코 수행할 수 없는 평범한 전차와 달리 유연하고도 강인한 사지를 갖춘 구조가 전제되어야 가능한 운동이다.

다만 엑세리아는 저러한 운동을 가능케 한다.

생물을 본뜬 네 개의 다리.

그리고 다리 끝부분에 탑재한 바퀴의 회전.

하지만 생물과 같은 섬세한 움직임을 수행하려면 어쩔 수 없이 차체의 경량화가 필요했다. 중량의 무거움에 비례하여 운동 시 관성도 커지는 터라 제동은 더욱 어려워진다. 직선적인 운동이 아닌 철저하게 생물적인 움직임을 지향한다면 차체는 가벼울수록 쉽게 제어할 수 있다.

그 때문에 전차의 포문을 제거하고 마도사를 태워서 운용했다.

수백 킬로그램의 포문과 탄약을 실을 바에야 60킬로그램 정도의 인간 한 명으로 대체하면 그만이니까.

탄환 마법의 발달도 엑세리아의 등장에 의하여 더욱 진전을 이룬 셈이다.

다만 첨인형은— 그 전제부터 허물어졌다.

엑세리아가 버렸던 『무게』에 주안을 둠으로써.

"그렇게 무거운데 어째서 저렇게 빨리 움직이는 거야?"

당연한 의문이었다.

"플로 엔진이 공급해주는 막대한 에너지가 있어서 가능한 거예요. 기존의 엔진과 비교도 안되는 출력이 보장되니까요. 오십 배의 무게여도 종래의 엑세리아와 동등하게…… 아뇨, 더욱 뛰어난 동작을 수행할 수 있습니다."

"흐음."

고개를 끄덕거리며.

에어는 영상을 다시 살펴본다.

지금 장면은 마침 첨인형이 구형 기체를 충돌로 파괴하는 부분이었다.

"몸체를 무겁게 만들어서 충돌로 적기를 부수는구나."

첨인형의 전술은 몹시 단순했다.

—무거운 기체로 부딪치면 끝이다.

"구형 엑세리아도 장갑은 무척 튼튼하니까, 사실 쉽사리 부서지지는 않습니다. 단순한 탄환이라면 대물 라이플을 써도 관통되지 않겠죠. 다만 첨인형처럼 거대한 질량에 부딪히는 충격에는 기계 구조상 취약해요."

엑세리아의 장갑은 두껍다.

평범한 탄환에는 흠집 하나 안 난다.

하지만 자기 무게의 오십 배 이상의 질량과 빠른 속도로 부딪히는 충격에는 기체의 연결 부분 따위가 못 버티기에 몹시 간단히 파괴된다.

탄환 마법이 엑세리아를 파괴 가능한 이유도 마찬가지다.

부분부분이 강력한 폭풍에 휩쓸리면 구조상 버틸 수 없어서였다.

“개발에 들어갔던 초기에는 플로 엔진이 얼마나 큰 부하를 감당한 채 퍼포먼스를 유지할 수 있는가를 시험하기 위한 기체였습니다. 돌진 공격으로 대상을 부수겠다는 생각은 보통 하지도 않으니까요. 다만 늘어난 중량을 전부 관절부 및 장갑 강화에 소모한 결과, 엑세리아조차 거뜬히 파괴할 수 있는 엑세리아용 전투 장갑 차량이 되었습니다.”

클레이스가 설명을 마친 동시에 영상도 끝났다.

동방국의 여섯 번째 기체가 파괴되어 철수하는 장면으로 영상은 중단되었다.

클레이스에게 정보를 얻은 레인은 학장실에서 나왔다.

강의를 하는 시간인지라 복도에 생도는 한 명도 없었다.

고요한 복도.

레인은 그곳을 혼자서 걸어 나아가며 이제까지 수집한 정보를 정리하고 있었다.

‘이틀 전—.’

악마의 탄환을 사용했다.

세계는 개변되었다.

한 명의 인간이 사라짐으로써.

아울러 이 같은 현상에 의해 레인은 제2세대 엑세리아를 분명 지켜냈어야 했을 텐데도 정작 듣게 된 것은 예상과 정반대라고도 말할 수 있는 결과였다.

'첨인형…….'

서방국에 넘어간 기술.

빼앗긴 시기는 지금으로부터 3개월 정도 이전이었다고 한다.

서부의 위성 기지에서 비밀리에 진행되었던 시험 가동 중 기습을 가한 서방국의 엑세리아 부대에 의해 보관하고 있었던 두 기를 빼앗기는 사태가 발생했다.

물론 그러한 사건은 개변되기 이전의 세계에서는 없었다.

그런 사건은 일어나지 않았다.

이전의 세계에서는.

이 세계에서만 발생한 사건이다.

'대체 무슨 일이…….'

제2세대를 노린 서방국의 습격은 며칠 전이 처음이어야 했다.

망령『데드림』이 주도했던 기습—.

설산의 공방.

레인이 에어와 함께 제2세대『포문형』을 지켜냈었던 그 사건이야말로 서방국이 처음 실행했던 제2세대 강탈 작전이었음은 틀림없다. 그것이 제2세대 기체와 관련된 첫 번째 사건이다.

하지만, 상황이 달라졌다고 한다.

다른 누구도 아닌.

—망령 데드림과 장교 이스나가 세계에서 사라짐으로써.

'대체 무슨 일이 일어난 거야…….'

이전 세계에서는 분명 없었던 사건이 발생했다.

인간이 한 명 사라짐으로써— 새로운 변화가 만들어졌다.

반대의 경우라면 이제껏 수없이 경험했다.

누군가가 사라짐으로써 해당 인물이 남긴 결과가 사라진다— 발생했던 전장 및 사건이 사라진다는 것은 이치에 맞기도 하고 레인도 이 같은 현상을 이용하여 지금껏 싸워왔다.

그런데, 이번에는 반대다.

인간이 한 명 사라짐으로써— 새로운 결과가 만들어졌다.

어떻게 된 영문인가.

가정할 수 있는 이유는 하나뿐이다.

그것은 데드림이라는 존재가 사라짐으로써.

"다른 누군가가 데드림 대신 제2세대 기체의 강탈을 실행했을 거야."

퍼뜩 놀라서 고개 돌렸다.

눈앞에 소녀가 있었다.

은색의 머리카락—.

병사 같지 않은 조그마한 몸.

"발소리 지우고 다가오지 마라……."

"딴 데 정신 팔려서 못 알아차린 거야."

너무 빈틈이 많아, 라며 핀잔을 준다.

은발의 소녀—.

"계속 얘기할게."

에어는 옆에 나란히 섰다.

레인과 나란히 서면 머리가 두 개 이상은 작다.

그럼에도 레인이 이제부터 몇 년 더 수련을 쌓아도 따라가지 못할 만큼 마도사로서 훨씬 높은 경지에 있는 「망령」이라 불리는 존재였다.

"이 세계에서 일어난 변화는 간단해."

또한 소녀는 매우 총명하다.

레인이 이제 막 정리하려던 정보의 분석을 이미 끝냈다.

"제2세대 엑세리아 강탈— 데드림이 실행했어야 했을 작전을 다른 누군가가 더 일찍 앞당겼어. 그래서 제2세대 기체를 빼앗긴 거야. 간단하지?"

"간단하기는 한데……."

설명은 정말 간단했다.

데드림이 사라졌기에— 다른 인물이 그 작전을 실행했다는 것.

하지만.

"도대체 누가 끼어든 거야?"

자연히 의문이 떠올랐다.

우선 엑세리아 강탈이 실행되었던 시기가 세계의 전환 앞뒤로 약 3개월가량의 오차가 발생했다는 것. 저번 세계에서는 며칠 전 실행되었던 엑세리아 강탈 작전이 이 세계에서는 훨씬 더 이른 시기에— 지금으로부터 3개월 전 발생했다지 않은가.
게다가 기체 강탈은 결코 간단하게 수행 가능한 작전이 아니었다.
적국의 영토에 침입한 뒤 지원도 증원도 없는 환경에서 전투를 치러야 하는 데다가 승리를 거둔 이후에는 빼앗은 기체를 운반까지 해야 한다. 예컨대 인간을 초월한 『망령』이라는 존재가 나서지 않는 한 도저히 완수할 수 없는 작전이었을 것이다.
그런데 이미 수행되었다고 한다.
언뜻 보기에는 몹시도 복잡하게 뒤얽힌 역전 현상이었다.
보통은 난제로 쭉 방치할 수밖에 없다.
다만, 두 사람은 데드림과의 전투에서 하나의 『정보』를 습득했다.
결정적인 단서—.
"누군가 데드림의 대역을 맡았겠지."
에어가 중얼거리는 말은.
"그러면 먼저 떠올려야 할 인물은 한 명뿐이야."
이 사건의 유일한 단서.
그것은 레인과 에어가 데드림과 싸우며 알게 된 「한 명의 인물」이었다.
그 덕에 비로소 떠올릴 수 있었다.
—한 가지 가능성을.
에어는 입을 열었다.
"중요한 건 작전을 실행한 인물보다 작전을 세워 지휘한 인물. 그 자가 데드림에게 명령을 내린 인물이 아닐까?"
담담하게.
이제껏 마친 추측으로.
다다른 가능성을.
"데드림을 조종했다는『카이세이』라는 인물 본인이 세 달 전에 직접 제2세대 엑세리아를 강탈했어. 그렇게 생각하면 앞뒤가 맞아."

'카이세이—.'
레인은 계속해서 한 남자의 이름을 곱씹었다.
목소리를 들은 적도 없다.
얼굴조차 알지 못한다.
그러나 도무지 머릿속에서 떨어지지 않는— 남자의 이름을.
'…….'
레인은 그 이름을 망령 데드림의 임종 직전에 들었다.
포탄에 부서져서 속이 드러난 망령 데드림의 육체.
그 속에서 나왔던『예속의 탄환』.
타인을 지배할 수 있는 탄환에 새겨진 것은『카이세이』라는 이름이었다.
또한, 그 탄환은 의미한다.
탄환의 주인, 카이세이에게.
데드림은— 조종당했음을.
'모든 것은—.'

가설에 불과하다.
단지 운 좋게 모은 정보를 지나치게 비약시켰는지도 모른다.
다만『망령을 조종하는 인간』의 존재가 명백해진 이상, 도저히 내버려 두거나 외면할 수 없는 추측이 또 하나 등장한다.
과연 망령을 조종하는 것이 전부이겠는가?
—그 남자야말로 망령을 만들어 내는 인물이 아니겠는가.
'그렇다면, 그 자식은—.'
레인은 생각한다.
걸어가며, 깊은 사색에 잠긴 사나운 표정으로.
혼잣말도 하지도 않고.
그러나.
"아무튼 간에."
그때, 말소리가 들렸다.
레인과 함께 옆에서 걷고 있었던 인물.
"지금은 정보가 좀 많이 부족하니까."
에어의 목소리였다.
"섣불리 결론부터 내리진 말자. 다양한 가능성을 생각해 두는 건 물론 중요하지만, 악마의 탄환이 만들어 내는 현상은 무척 복잡하니까 이상한 생각을 자꾸 떠올리면 끝이 없는걸. 우리가 해야 할 일은 하나야. 확실한 정보를 얻는 것."
"어떻게?"
"카이세이를 만나야지."
"……."

"그냥 만나자는 게 아니라 적국의 장교니까 붙잡아서 두들겨 패주고 자백을 받아낼 거야."

"……그렇군."

에어의 목소리에는 살기가 어려 있었다.

감정을 미처 제어하지 못한 탓일까, 에어의 머리에서 김이 모락모락 피어오르는 것 같다는 인상마저 받았다.

다만— 에어로서는 당연한 반응이다.

에어 본인부터가 망령이며, 죽음을 경험하고도 되살아난 혼의 존재이다. 그런데 같은 처지의 소녀 데드림이 조종당했을 가능성을, 아울러 모든 사건의 원흉일지도 모르는 남자의 존재를 알게 되었다.

딱히 똑같은 망령이라는 이유로 친근감을 느끼지는 않는다.

오히려 전장에서 만난 이상 서로를 죽이려 하는 경우가 많다.

—그럼에도.

그럼에도, 설산에서 만났던 흑발의 망령은 이 소녀에게 제법 특별했던 것 같다.

'……뭐, 에어도 화가 나겠지.'

또한 이러한 모습을 보고도 레인은 딱히 기죽지 않았다. 오히려 조금 안도하는 마음이 더 크다. 에어의 화난 모습을 자주 볼 수는 없기 때문이었다.

레인과 만난 지 얼마 안 되었을 때—.

불과 몇 개월 전, 에어라는 소녀는 단지 종잡을 수 없는 존재였다.

우수한 기량과 지성.

그리고 무엇보다도 세계의 섭리조차 초월하는 「악마의 탄환」을 만들어 내는 마도사답게 저 멀리 다른 세계에 사는 사람처럼 레인을 내려다보았고, 또한 자신은 쭉 에어의 손바닥 위에서 놀아났었다.

소녀, 에어는 항상 사람을 얕잡아 보는 냉소와 기상천외한 태도 때문에 당황하는 레인을 보고 즐기는 듯한 분위기까지 느껴졌었지만, 지금에 이르러서는 대등하게 의견 교환을 하고 있다.

이 같은 사실에서.

'자만일지도 모르지만…….'

순수하게 기쁨을 느낀다.

물론 아직은 서로 파고들지 못하는 영역도 많다.

—그럼에도.

조금씩.

정말 조금씩이나마 레인은 이 소녀에 관하여 아는 것이 많아졌다.

그런 생각을 하던 때.

"저거, 뭐야."

에어가 의아해하며 소리를 냈다.

학장실에서 나온 뒤 강의동으로 향하는 바깥 복도를 걸어가던 두 사람은 강의동에 걸음을 들여놓자마자 중앙 게시판에 잔뜩 몰려들어 있는 생도들을 발견했다.

인원수는 대략 백 명.
고학년부터 저학년까지 모든 학년이 마구잡이로 뒤섞여 있다.
목적은 중앙 게시판에 부착해놓은 「무엇인가」를 보기 위해서겠지.
다만.
"으음."
"왜 끙끙거려."
"불길한 예감밖에 안 들어."
"레인은 물론 불안하겠지."
강의동의 중앙 게시판.
개인 임무 및 파견을 제외한 원내의 정보 대부분이 저 장소에 게시되는데, 레인은 저곳에 부착된 게시물을 본 뒤에 행복했었던 기억이 이제껏 한 번도 없다.
"너, 의외로 문제아잖아."
"시끄러."
"이번에는 무슨 짓을 했어?"
에어는 말을 꺼내며 쿡쿡 웃었다.
그동안 레인이 몇 번인가 갑자기 따로 호출을 당한 장면을 봤기 때문이다.
……생각이 바뀌었다.
역시 에어는 심술궂은 녀석이다.
하지만.
'내용은 신경 쓰이는군…….'

물론 전 학년이 살펴보고 있는 게시물이니 전원에게 같이 적용되는 무엇인가의 통지문이겠지만, 이제껏 겪은 사례를 떠올리면 적잖이 신경 쓰인다. 게시물은 일찌감치 확인하는 것이 제일이었다.

다만 게시판을 둘러싸고 있는 인파의 수가 꽤 많은데다가 거리도 멀다.

먼 곳에서는 무엇이 쓰여 있는지 알 수 없었다.

따라서.

"또 누구한테 혼나러 가는 거야? 내가 따라가줄까?"

레인을 놀릴 거리가 생겨 즐거워하는 에어—. 긴장을 풀어 빈틈이 꽤 많은 이 조그만 소녀의 발밑에서 레인은 몸을 웅크렸다가.

"이번에는 클레이스한테, 꺄앗!"

"영차."

에어의 다리 사이에 머리를 넣고 그대로 들어 올리며 일어섰다.

"뭐, 뭐, 야……!"

에어의 몸이 레인에게 들려서 높이 올라간다.

보통 표현하기를 「목마」을 탄 자세였다만.

"보이나?"

"뭐가?!"

"뭐겠어?"

당연히 게시판이지, 레인은 그렇게 말하며 인파의 안쪽을

손가락으로 가리켰다.

아무리 에어가 조그마해도 이렇게 앉은키와 레인의 신장을 더해 높은 곳에 있으면 시력이 좋은 에어는 어떤 종류의 게시물인지 알아볼 수 있을 것이다.

하지만.

"다, 다……."

"응?"

"다, 다리……."

에어는 입을 우물거릴 뿐 무엇이 보이는지는 알려주지 않았다.

딱히 게시판에 안 보이는 이유는 아닌 듯하다.

얘가 왜 이러나, 하고 레인이 얼굴을 들어 올리자.

"……앗."

사과처럼 새빨갛게 얼굴을 붉힌 에어가 눈에 들어왔다.

시선도 어딘가 먼 곳에 붙박여 있다.

빨갛게 칠한 허수아비 같았다.

"이봐, 에어, 뭐하는—."

그리고 레인이 목을 움직여서 에어의 허벅지 안쪽과 레인의 머리 뒷부분이 스쳤을 때.

"—흡!"

꽉, 에어의 다리가 조여들었다.

"끄억!"

"바, 바……."

한 번의 호흡.

"바보야아아아아아!"

콰앙! 에어의 주먹이 정수리를 세게 가격했다.

"흐, 흐악?!"

"진짜, 어떻게, 느닷없이! 나쁜 놈……!"

마구 날뛰는 에어.

상반신을 홱홱 흔들며 레인의 머리를 두 손으로 퍽퍽 때려대지만, 손을 놓으면 떨어질 테니 에어가 나자빠지지 않도록 더욱 다리를 굳게 붙잡았다.

"갑자기 뭐냐?!"

"너야말로 갑자기 뭐야!"

"뭐라 써 놓았냐고!"

"그게 아니라!"

이 자세가 문제야!라고 쏘아붙인다.

"에잇!"

마지막으로 기합을 넣은 에어는 마치 부모의 원수처럼 다리를 꽉 붙잡고 아직껏 다리 사이에다가 자기 머리를 갖다 붙이고 있는 레인에게서 벗어나 폴짝 뛰어 착지하더니 곧바로 꽁무니를 빼며 강의동 방향으로 달려가 버렸다.

그 모습은 고양이가 개를 피해서 도망치듯이 명백한 도주의 자세였다만.

"……게시판을 보고 와주는 건가?"

그렇게 생각한 레인은 5분 정도 제자리에서 가만히 기다렸다.

물론 에어는 돌아오지 않았다.

게시물은 파견 명령서였다.

레인을 포함한 3학년 생도 수십 명과 상급생 다수가 오늘부터 닷새 뒤, 거듭된 전쟁의 불길에 휩쓸려 도시 기능을 잃어버린 『렉터 폐지구』에 파병된다는 것을 통지하는 내용이었다.

MECHANICS

메카닉 디자인 와시오 나오히로
MECHANIC DESIGN BY NAOHIRO WASHIO

EXERIA 2ND GEN—α-1

서방국 왕정 하바란트식 제2세대 엑세리아『첨인형』

[α-1]

(알파)

「견고함」에 주안을 둔 엑세리아. 대단히 견고하기에 결코 부서지지 않는 장갑이 특징. 엑세리아라 하기에는 대단히 무거운 기체이면서도, 플로 엔진이 만들어 내는 폭발적인 에너지를 활용하여 고속의 운동성과 기동성의 유지를 가능케 했다. 단순한 돌격 및 충돌만으로도 공격이 가능. 집단전을 기본으로 하는 엑세리아 간 전투에서 단독 작전 행동을 상정하여 설계한 첫 번째 엑세리아다. 다만 파격적인 성능 때문에 숙련되지 않은 조종수는 몇 초 안에 블랙아웃을 당할 만큼 다루기가 몹시 어렵다. 극히 일부의 한정된 에이스급 파일럿만이 기체의 진가를 발휘할 수 있다.

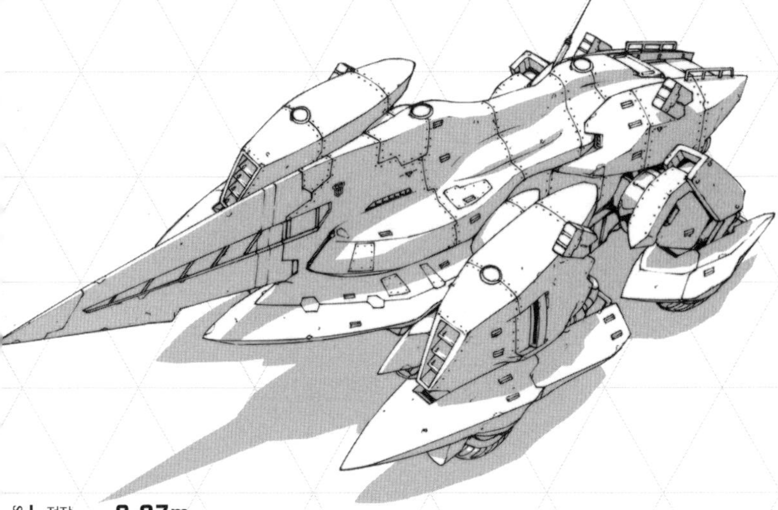

SPECIFICATION

전장	**8.87m**
전고	**4.20m** (정지 상태)
전폭	**5.79m**
건조 중량	**21.6t**
주동력	금속 냉각식, 수평 대향 12기통 핵은 펄스 터빈 엔진 1680ps

2. 애슬리의 싸움

—꿈에서 보는 것은 언제나 똑같은 광경이었다.

작열하는 불꽃.

섬광처럼 가로지르는 수많은 탄환.

내리쏟아지는 불꽃의 탄환이 낯익은 거리를 차례차례 불사르고 있다. 처음 친구를 사귄 공원도, 어릴 적부터 몇 년이나 다녔던 학교도, 항상 장 보러 갔던 상점가도—.

전부 적색으로 물든다.

불꽃이 집어삼킨다.

도망치는 사람들은 거대한 기갑 전차— 파괴의 화신처럼 날뛰는 엑세리아에 의하여 도망칠 길이 틀어막히자 죽음의 운명에 절망하면서 티끌만한 자비도 없는 공격에 차례차례 불타 죽었다.

그것은 학살이었다.

일말의 무력도, 저항할 힘도 없는 시민들이 일방적으로 죽어 나간다. 이 같은 학살을 실행하는 서방국의 군인은 우왕좌왕 도망치는 시민들을 마치 기계적으로 작업을 하듯 태워 죽이고 있다. 얼마나 시간이 지났을까, 차례차례 길가에 쌓인 소사체는 이미 천 구를 거뜬히 넘어섰다.

그리고—.

'으읏—.'

마지막으로 보는 광경은.

'안돼—.'

고향에 있는 자신의 부모님이었다. 부부가 마도사였던 두 사람은 살육을 거듭하는 적국에 맞서 미미하게나마 반격이 가능한 힘과 무기가 있었다. 사용하지 않고 집 안에 놓아둔 감상용 라이플을 꺼내들고 합금제 전차 및 적군과 맞서 싸웠다.

하지만.

'—안돼!'

아무 조짐도 없었다.

유탄처럼 불쑥 날아온 한 발의 탄환 마법이 두 사람의 눈앞에 착탄하자 강렬한 폭풍과 진홍빛을 띤 불꽃이 넓게 번져나갔다.

두 사람의 몸은 짚에 불을 붙인 것처럼 불타올랐다.

비명을 지를 틈조차 없이 절명한 두 사람은 불과 수십 초 사이에 검은 숯 덩어리가 되어 허물어졌다.

또한, 저 너머에는 탄환을 쏘아 날린 존재가 서 있었다.

새빨간 머리카락, 섬뜩하리만큼 「검붉은 눈」.

'—으읏!'

불길한 적색의 소녀였다.

소스라치며 의식이 돌아왔다.

땀이 떨어진다.

앉은 채 선잠이 들어 꿈을 꾸었나 보다. 주위를 쭉 둘러봐도 불꽃은 찾아볼 수 없었다. 평온한 광경이 보일 뿐이다.

다만 심장만큼은— 경종을 울리듯 뛰고 있었다.

'진짜—.'

소름 끼치는 꿈이었다. 어떻게든 잊고 싶어도 기억에서 사라져주지 않는다. 이렇듯 문득 잠에 빠져들었을 때, 아무런 예고도 없이 보고 싶지 않은 광경이 재생된다.

적색의 꿈.

모든 것을 잃어버렸던 그날의 광경.

부모님과 고향이 불타오르고, 선명하게 기억에 들러붙는— 적색의 소녀.

"애슬리."

"아!"

움찔 놀랐다.

단지 말을 걸어왔을 뿐인데 꿈의 여운 때문인지 이상하게 몸을 흠칫거리게 된다.

"뭐, 뭐야!"

"뭐겠냐."

너무 놀라는데, 하고 중얼거린다.

"이제 곧 목적지에 도착할 테니까 슬슬 준비하는 게 좋지 않겠냐."

그렇게 말을 건네는 인물은 낯익은 소년— 엷은 색조의 흑발에 사관생도로서는 평균적인 체격인지라 딱히 두드러지는 특징은 없어도 등에 라이플을 메어 휴대하고 있다.
이곳은 운송 차량의 안.
파병지로 향하는 학생들이 다 같이 탑승했다.
수십 명이 꽉꽉 끼어서 탔지만, 일단은 파트너라고 맞은편 자리에 앉은 이 소년은 자신이 꾸벅꾸벅 졸다가 불쑥 놀라서 일어날 때까지 아무 말 없이 지켜봤던 것 같다.
"……."
깨워줬으면 했다.
"레인."
소년의 이름을 부른 뒤, 자신도 라이플을 고쳐 메었다.
"오늘도 안 다치고 돌아오자."

렉터 폐지구.
과거에는 철의 산출과 가공으로 번영한 산업 도시였다. 하지만 광산을 목표로 삼은 동서 간 전선이 격화된 여파로 피해를 받는 경우가 많아짐에 따라 주민 다수는 안전한 곳을 찾아서 도시를 버리고 떠나갔다. 이미 주민 중 9할 이상이 집과 재산을 내버리고 떠난 까닭에 도시로서 기능을 상실한 이 지역은 『폐지구』로 지정되어 군부의 관할하에 놓여 있다.
그 이후로 5년의 세월이 흘렀다.
관리받지 못하는 거리는 풍화 작용의 현장이 되었다.
민가 다수는 쭉 비바람에 노출되어 외벽이 쩍쩍 갈라졌고, 땅바닥과 도로가 울퉁불퉁 손상되었는데도 보수 작업을 하지 않고 방치한 탓에 평범한 차량은 지나다니기도 어려운 유령 도시로 전락했다.

하지만.

“앗, 사람이 있네.”

떠나간 자는 주민의 9할이기에 이미 대부분의 흔적은 사라졌다.

하지만 거의 전원이 떠나가서 버림받은 도시이지만, 반대로 말하자면.

“정말 아직도 살고 있었구나.”

“뭐, 전쟁의 위험만 빼고 보면 충분히 살기 괜찮은 지역이니까.”

“전기는 어떻게 끌어오는 걸까?”

“남은 배선을 어떻게든 써먹는다는 말은 들었어.”

이 도시에 진입하고 수 킬로미터를 이동 중인데, 아직 거주 중인 꽤 많은 주민을 발견했다. 게다가 딱히 부랑자처럼 차림새가 허름한 것도 아니고 일정 수준 이상의 생활 수준은 유지하는 듯했다.

예전에 접한 지식을 떠올린다. 단지 평범한 생활이 목적이라면 급수만 잘 이루어져도 어찌어찌 버틸 수 있다고 했던가. 일상생활이 가능하다면 집을 내버려야 하는 결단을 주저하는 태도도 이해할 수 있었다.

다만, 이곳은 전쟁터의 바로 옆이다.

분쟁의 원인이 된 철광산.

그곳은 현재 서방국 하버란트가 3년 전에 제압한 이후, 계속해서 철을 채굴하고 있다. 존재 자체가 특수한 「핵은(核銀)」과 달리 다양한 곳에 있는 철광산이지만, 이곳 렉터 폐지구와 인접한 광산은 채굴량이 다른 곳과 비교해서 몇 배는 많기 때문에 자원 채굴지로서의 가치가 대단히 높다고 한다.

그런 까닭으로.

"제압전이구나."

"그래. 기습을 겸한 전격전이다. 열세에 놓인 동방국이 먼저 공격하는 형태의 전투가 될 거야."

이번에는 수비가 아니다.

공격을 감행한다.

서방국이 점령한 철광을 동방국이 공격하는 전투.

빼앗긴 철광산을 탈환해서 중요한 자원 거점을 확보하기 위한 전투.

레인을 비롯한 학생병들도 비록 후위에서나마 작전을 수행하게 되었다.

아울러 이번 전투의 주전장이 되리라 예측된 곳이 평지인 이곳, 렉터 폐지구였다.

애슬리 매거멧이 인생의 기로를 맞닥뜨리는 것은 언제나 전란의 한복판이었고, 그것이 초래하는 것은 언제나 처참한 결말이었다. 어머니와 아버지가 모두 군인이었다는 환경이 영향을 끼쳐 전쟁의 불길에 휩쓸리게 되는 경우가 많았다. 또한 친척의 다수도 군인이었던 까닭에 다양한 형태의 죽음을 가까운 거리에서 실감했었다.

그때마다 형용할 수 없는 괴로움에 고통받았다.

몇 번이나 마음이 도려지는 듯한 심정을 느꼈을까.

친한 누군가가 죽는 경험은 몇 번을 겪어도 아직까지 결코 익숙해지지 않는다. 절망을 끌어안고 죽어 간 사람들이 영영 돌아오지 못함을 떠올리면 그때마다 마음과 몸에 격한 통증이 들끓었다.

그럼에도—.

그럼에도 전쟁을 피해 도망치지 않았다.

오히려 반대다.

애슬리 매거멧의 내면에서 쭉 타오르고 있는 불꽃—.

'그래—.'

자신의 주변에서 많은 사람이 죽었다.

그때마다 통감했다.

부조리함과 맞닥뜨렸을 때, 운명을 좌우하는 것은 절대로 선악이 아니었다.

—약하면 죽는다.

몹시도 간단한 이치임을.

불현듯 그것을 깨달았을 때는 힘을 가지고 있지 못한다는 것에서 격렬한 불안감을 느꼈다.

그리고 겨우 열 살이 되기도 전, 어린 마음이 느꼈던 그 감정은 아직 달라지지 않았다.

달라지지 않았다. 군인답게 소중한 사람들을 지키는 데 조금이나마 힘을 보태겠다는 자기 자신의 각오는 약해지지 않았다. 각오는 쭉 이어졌다. 아레스트라 교도원에 들어가서 생도가 되는 진로를 선택할 때도 망설임은 없었다.

다만, 그 각오가.

'나는—.'

흔들리려고 한다.

이유가 된 사건이 있었다.

그것은 『몇 개월 전 발생했던 일련의 사태』.

지금도 거듭 꿈꾸는, 작열이 솟아오르는 광경이다.

서방국의 시가지 침략— 자신이 태어나 자란 고향, 철의 도시 「레미노스」에서 벌어진 전투가 초래한 것은 자신이 가장 지키고 싶은 존재였던 부모님이 희생되었다는 결말이다.

그리고 애슬리는 그때 분명히 목격했다.

부모님을 죽이고 도시를 불살랐던 존재—.

'킬리리스…….'

이형의 소녀.

적색의 존재.

그 소녀는 마도사로서의 능력뿐 아니라 근본적으로 아예 다른 존재임을 명백하게 깨달을 수 있는, 너무나도 뒤틀린 존재였다.

아울러, 그 소녀 때문에 모든 것을 빼앗겼다.

도시도.

평온도.

부모님도.

—원망했다.

적색의 소녀뿐만이 아니다.

애슬리가 쏟아 내는 증오의 대상은— 세계, 그 자체였다.

하지만 그 전투로부터 며칠 후, 증오와 혼란 속에서 제정신을 잃고 마음이 부서져 가는 와중에 참전했던 또 다른 전투에서 애슬리는 기구한 운명과 맞닥뜨리게 된다.

어느 광산에서 벌어졌던 전투.

서방국과 동방국이 충돌했던 하나의 국지전에서— 우연히 주워, 소지했다.

'이것도 결국—.'

애슬리는 주위를 둘러보고 아무도 없음을 확인한 뒤 가슴주머니 안쪽 깊숙한 곳에 숨겨 놓았던 탄피를 하나 꺼내 들었다. 탄두 부분은 존재하지 않는. 이미 사용되어 버려진 탄피. 다만 이 탄피는 평범한 물건과 다른 요소를 가지고 있었다.

하나는 「은색」이라는 것.

은박을 씌운 것처럼 빛나는 이 탄피는 다른 탄피와는 명백하게 다른 물건이었다.

다만 이 탄피의 진정한 특수성은 단순한 색이 아니라 측면에 각인되어 있는—.

'나는—.'

하나의 이름에 있었다.

탄피에 각인된 이름— 그것은.
'어떻게 하지—.'

『Kirlilith Lambert』— 킬리리스 램버트.
부모님과 고향을 불살랐던 소녀의 본명이 쓰여 있었다.
그리고 이 이름은 자신이 소녀를 쏘았을 때—.

'—으읏, 더 이상은, 생각하지 마.'
다만 애슬리는 머리를 흔들어 더 이상 탄환에 대해 생각하기를 그만두었다.
자신이 소녀를 죽인 순간이 플래시백 된다.
적색의 광경.
피어오르는 화염.
자신의 앞에 나타난 빈사 상태의 소녀 킬리리스.
부모의 원수를 눈앞에 두고 분노를 억제하지 못한 채 살의를 담아 탄환을 사용했다.
사람을 쏜 것은— 처음이었다.
'—생각하지 마, 지금은.'
의식에서 억지로 지난 광경을 떨쳐낸다.
아니— 떨쳐내야만 한다.
왜냐하면 이미 동방국과 서방국의 전투는 시작되었으니까.
지금으로부터 30분 전, 동방국은 광산 주위에 있는 위성기지를 습격했고, 곧이어 눈사태가 쏟아지듯이 전선이 확대되었다. 이미 기갑 병기는 렉터 폐지구로 쏟아져 들어왔다.

학생병들도 임전 태세로 엑세리아에 탑승해서 대기 중이다. 애슬리도 엑세리아의 조종석에 앉은 상태로 「은빛의 탄피」를 생각하고 있었지만, 전황에 따라서는 후위의 예비 병력도 충분히 동원될 수 있다. 물론 이것은 상황이 불리하게 기울어졌을 경우다. 결코 발생하지 말아야 할 사태이지만, 이곳은 전장이다. 어떠한 돌발 사태가 발생할지 결코 장담할 수 없다.

불필요한 것에 사고를 할애하지 말고 지금은 눈앞의 전투에만 집중하는 것이 좋겠다.

—그렇게 생각했을 때였다.

'어라—?'

애슬리는 냉정하게 주위를 둘러보다가 깨달았다. 오늘 전장에서는 비록 자신의 파트너가 아니었지만, 대부분은 자신과 조를 짜서 행동하는 동기생 소년—.

'레인?'

일단은 파트너.

레인 란츠의 기체와 모습을 찾아볼 수 없었다. 학생 부대의 기체는 딱히 가지런하게 정렬을 한 상태가 아니라 주위를 관찰할 수 있도록 원형으로 진을 짜서 대기 중이었는데, 어디에서도 레인의 기체가 보이지 않는다.

오늘은 자신의 파트너가 아니었다.

분명 전입생 에어와 같은 조였다.

방금 전까지 두 사람이 같은 기체에 탑승해있던 모습은 확인했었다.

그리고 현시점에서 학생 부대에 「대기」 이외의 명령은 내려오지 않았으니까 작전 행동 중 이곳을 떠나 움직일 리 없었다. 그런데 아무 데서도 안 보였다.

'……어디에.'

간 것일까.

애슬리가 다시 한 번 학생 부대를 꼼꼼하게 살펴 확인하고자 했던—.

그때였다.

'—으읏.'

시야가 크게 일그러졌다.

'이, 이 감각은—!'

풍경이 구부러진다.

절대 자신의 의식이나 뇌에 이상이 발생했기 때문은 아님을— 분명하게 이해할 수 있었다.

아울러.

'설마, 또—.'

상황을 파악할 시간 따위, 애슬리에게 주어지지 않았다.

일그러져 가는 풍경이 시야를 지배했고, 곧이어—.

세계가 개변되었다.

'으읏—.'

묘한 감각이 애슬리의 머릿속에서 몇 초간 짧게 흘러갔다.

그리고 시야의 흔들림이 가셨을 때, 불현듯 깨달았다.

"어……?"

방금 전까지 있던 장소가 아니었다.

애슬리의 눈앞에 있는 것은 불타는 삼림이었다.

"뭐, 야……."

도대체 어찌 된 영문인지 알 수 없었다.

기묘한 감각 이후, 애슬리의 시야는 일순간 뒤바뀌었기 때문이다.

"여기는……."

탄환 마법에 도려져 나간 수목이 끊임없이 이어지고 있는 광경이다. 분명 기온이 상당히 낮은 계절인데도 화염이 소용돌이치는 이 장소에는 찌는 듯한 열기가 가득 차있었다.

이곳은 전장— 게다가 틀림없이 전선이었다.

방금 전까지 있었던 후방과 전혀 다르다.

탑승한 엑세리아도 방금 전과 기체의 종류가 달라졌다. 장소와 탑승한 기체가 변화한 것도 혼란을 불러오는 이유였지만, 더욱 크게 달라진 요소가 있었다.

그것은 바로.

"애슬리."

뒤에서 들려오는 목소리.

애슬리는 이번 작전에서 평소와 다른 상대와 한 조를 이루었다. 베어리스라는 이지적이고 어른스러운 동기생이 분명히 방금 전까지 자신의 뒷자리에 앉아 있었다.

그런데 지금 자신의 뒤쪽에서 들린 익숙한 목소리는—.

"레인……."

"으음, 잘 파악이 안돼서 미안해. 확인차 묻겠는데."

평소부터 잘 알고 지내는 흑발의 소년.

전장에서 절대 긴장을 풀지 않는 답답할 만큼 착실한 소년은.

"여긴 어디지?"

자신의 현재 위치를 묻는다는, 평소 같았으면 말도 안 되는 질문을 했다.

—대략 한 시간 전.

렉터 폐지구에서 전투가 벌어지려던 무렵, 동방국은 공격의 마지막 준비에 들어가 있던 상황이었다.

동방국에서 준비한 전력은 다섯 소대.

넷은 각각 엑세리아 다섯 기를 보유한 기갑 부대였고, 나머지 하나는 첩보 및 저격 따위를 전문으로 하는 지원 부대였다. 합계 스무 기의 엑세리아와 도합 이백 명을 넘기는 전투원을 편성하여 서방국의 방어선에 침입한 뒤, 압도적인 화력으로 제압하겠다는 단순한 작전이다.

물론 저 인원에 예비로 둔 학생병은 포함되지 않는다. 소집 명령이 떨어지는 상황은 조금 더 밀어붙이면 승리할 수 있어 증원이 필요하거나 작전이 실패하여 후퇴가 결정되는 때 정도다.

다만 이러한 정황을 잘 이해하는데도.

"이번 작전의 포인트는 딱 하나야."

가만히 대기나 할 생각은 아예 없는 2인조가 있었다. 비록 학생용일지언정 기갑 병기 엑세리아에 탑승한 채 전선을 바라보고 있는— 레인과 에어, 두 사람이었다.

"뭔데."

"이번에는 상대가 방어하는 입장이라는 것."

에어는 광산 방향을 바라보며 말했다.

광산은 렉터 폐지구에서 정북향에 위치하는지라 레인과 에어는 북쪽을 보는 상태다.

"평소에는 이쪽이 수비군이었지만 이번에는 정반대야. 그리고 공격을 하러 나선다면 우리가 가진 『악마의 탄환』은 사용하기 까다로워져. 그 부분을 잘 생각해서 움직여야 해."

인간의 존재를 지워 없애고, 쌓아올린 공적마저 말소하는 「악마의 탄환」.

전투를 사주한 인물을 쏘아 죽이면 해당 전투 자체가 사라지고, 공적을 올린 장군을 사살하면 해당 인물이 초래했던 피해도 모두 다 사라진다. 이제껏 동방국은 거의 언제나 공격당하는 입장이었기에 레인은 이 탄환을 이용해서 수많은 불리한 결과를 없애왔다.

하지만 이번에는 다르다.

지금까지와는 상황이 무척 달랐다.

이번에는 동방국이 공격을 한다.

즉 수비군 입장에 있는 상대는— 아직 아무것도 하지 않았다.

“전투가 벌어지면 공적을 쌓겠다고 덤비는 부류도 있겠지만.”

에어는 말을 계속했다.

“방어전인 이상 서방국은 이제껏 우리가 경험해왔던 전장과 전혀 다른 전법을 사용할 거야. 아마 적극적인 공격에 나서지 않고 방어선을 유지하는 데 집중할 테고, 전략도 지휘 계통을 따를 테니까 상대는 정석적인 방어전을 고수하겠지.”

방어전은 통상의 전투와 다르다.

공격을 할 필요가 없다.

목적은 승리가 아니라 「패배하지 않는 것」이기 때문이다.

그런 이유로 방어전의 전략은 기본적인 틀이 정해져 있다.

지휘관에 따라 큰 차이가 나지 않는 단조로운 양상을 띤다.

그러므로 다양한 전략이 존재하며 지휘관의 능력이 결과에 큰 영향을 끼치는 공격전과 다르게 누가 수행해도 비슷비슷한 전법을 사용하는 방어전에서는 설령 크게 활약하는 적장을 지워 없애도 대리를 맡아 나타난 인물 또한 비슷한 전법을 사용하는 경우가 대부분이었다.

악마의 탄환은 인간을 없앨 수 있다.

다만 세계가 꼭 자신에게 유리하게 수정되지는 않는다.

가장 우수한 지휘관을 없애면 두 번째로 우수한 지휘관이 나타나니까. 그런 이유로 너무 불리한 전장은 악마의 탄환이라는 힘을 동원해도 뒤집을 수 없었다.

그러한 요소를 미리 알려주며.

“어떻게 싸울지 선택해, 레인.”

망령— 에어는 말했다.

이제 곧 벌어지게 될 렉터 폐지구의 전투.

패배하면 동방국의 현 상황이 더욱 궁지에 몰리게 되는 일전을 앞에 두고서.

“이런 상황에서 어떻게 싸울 것인가, 전부 너에게 달렸어.”

에어는 레인에게 선택과 판단을 일임했다.

“……”

에어는 판단의 주체는 레인이라는 입장을 끝까지 바꾸지 않았다. 공통된 목적을 가지고 있고, 요청받으면 도움과 조력을 아끼지 않는다. 다만 에어 본인은 한 발짝 물러난 위치를 고수했다.

그 심정은 상상으로 짐작할 수밖에 없다.

아무튼 대체로 틀린 예측은 아닐 것이다.

에어는 이제까지 망령으로서 수없이 많은 전투에 몸을 담아 왔으나— 소녀가 원했던 결말은 단 한 번도 찾아오지 않았다.

최선을 다했는데도.

가장 옳다고 여겨지는 선택을 해도.

에어에게 남겨진 것은— 언제나 비극이었다.

따라서 제아무리 올바른 판단을 내리더라도, 에어 본인은 움직이지 않는다.

그런 태도는 레인에게 악마의 탄환을 넘겼을 때부터 한 번도 달라지지 않았다.

에어의 입장은— 어디까지나 관찰자.

따라서.

"……이번에는 후방 임무에 전념하겠어."

"흐음?"

"물론 반드시 승리한다는 장담은 못 하겠지만, 객관적으로 봐서 동방국이 상당히 유리한 상황에 있지."

인간을 지워 없애는 강력한 힘.

잘 사용할 수만 있다면 이번 전투는 아마도 동방국의 완승으로 끝날 것이다.

다만 안이하게 막연한 기대를 갖고 쓸 힘이 아님은 경험으로 통감하고 있다. 공적마저 지워 없애는 악마의 탄환이 끼칠 영향은 너무나도 복잡하기에 완벽하게 예측하는 것은 불가능하다.

자칫하면 안 좋게 작용하는 경우도 각오해야 한다.

오히려 적을 없앰으로써 불리한 결과를 맞이하는 경우도 충분히 일어날 수 있다.

그것은 얼마 전 엑세리아 강탈을 감행했던 망령 데드림이 소멸된 결과, 동방과 서방의 제2세대 엑세리아 분포가 크게 뒤바뀌었다는 사실로 이미 증명되었다.

결코 섣불리 써서는 안 된다.

이 같은 요소를 고려한 뒤에.

"당분간 상황을 지켜 본다."

레인은 대답했다.

"이번 전투에서 악마의 탄환으로 지워야 할 특정 서방국의 인간은 없어. 방어전을 맡을 지휘관이야 대체 인원이 넘쳐나니까 기껏 없애도 큰 차이가 안 나겠지."

"뭐, 가장 피하고 싶은 건 괜히 실수해서 지금의 유리한 상황이 무너지는 불상사니까."

"그래. 그러니까."

—움직이지 않는다.

—적어도, 지금은.

레인이 막 결정을 내렸을 때, 멀리서 포격 소리가 울려 퍼졌다.

동방국의 기갑 부대가 적과 접촉하여 전투가 개시되었다는 것을 알리는 소리였다.

양국의 주력 부대가 정면으로 격돌하자 렉터 폐지구의 바깥 지역에서 단숨에 화염이 피어오른다.

그리고 레인은 그 광경을 후방에서 바라보고 있었다.

말했던 대로 학생병답게 얌전히 추세를 지켜본다.

비록 악마의 탄환을 보유했을지언정 이것은 에어와 자신 단 둘의 비밀일 뿐, 다른 사람이 봤을 때 레인은 일개 병사 이하의 학생에 불과하다. 지시받은 임무는 엄연히 후방 대기였다.

받는 정보도 정기적으로 전달되는 통신이 전부다.

직접 움직이지 못하는 답답한 시간이 이어졌다.

어쨌든, 움직여야 한다면 상황이 불리하게 기울어졌을 때로 결정했다.
레인은 대기한다.
아마도 이 전투는 순조롭게 동방국이 승리할 테지— 하지만.
'뭔가—.'
뭔가— 안 좋은 예감이 든다.
그럼에도 가만히 기다릴 수밖에 없었다.

그렇게— 50분 후.
"흐음."
다섯 번째의 정기 연락.
무전기로 전달받은 내용은.
『이번 공격전에서 아군의 피해는 아직까지 제로다. 학생 부대는 계속해서 대기하라.』
현재 전황을 알려주는 연락을 듣고 조종석에 앉은 소녀가 말한다.
"이 나라도 가끔은 해내는구나."
천연덕스러운 표정으로 반응을 보이는 에어.
"엑세리아 이외의 병기를 잘 활용한 결과인가? 뭐, 별로 관심 없지만."
"관심 좀 가져."
"가만있어도 되겠네."
전투 개시로부터 50분 후—「동방국 부대가 1차 방어선 내부로 침입 성공」이라는 연락이 들어왔다. 방어전에서는 외곽의 1차 전선이 가장 돌파하기 어렵다.

아무튼 이렇듯 단단한 전선을 돌파했다는 것은.

"무난하게 이겼나 봐."

기습이 성공한 것을 증명해준다. 애당초 7할 이상 성공하리라 예측된 작전이었기에 당연한 결과일지도 모르겠으나 레인은 가슴을 쓸어내렸다.

저 멀리서 울려 퍼지는 우르릉 소리도 시간이 흐름에 따라 줄어들고 있었다.

적의 주력이 적어지면서 엑세리아 교전 자체가 감소하는 까닭일 테지.

그러나 아직까지 싸우고 있는 기체도 있다. 육안으로 관측할 수 없는 거리인 데다 장해물이 가로막는 지형도 많았지만, 레인은 망원경 대신 라이플의 조준경을 꺼내 들었다.

라이플의 사정거리 바깥이다.

저격은 불가능하다.

다만 한계까지 배율을 높이면 싸우고 있는 엑세리아의 관측 정도는 가능했다.

—그냥 변덕이었다.

전투의 승리가 가까워졌기에 무심코 봤을 뿐.

딱히 의미는 없었다.

하지만 레인은 조준경으로 전선을 둘러보던 중.

"……저건."

"왜 그래?"

에어가 말을 걸어온다.
하지만.
'설마— 아니, 말도 안 돼, 어째서—!'
의도치 않게 목격하게 되었다.
시야 한편에 비치는 그림자 하나— 어떤 부대에도 속하지 않은 채 단독 출격해서 폐지구 남쪽에서 전선에 가담하고자 고속으로 움직이고 있는「흑색의 기체」.
'—흑색.'
조준경 너머로도 알아볼 만큼 긴 길이.
거대함.
무엇보다 일반 기체의 수십 배 이상 무거운 중량을 감당해야 하는데도 아무런 지장이 없는 고속 이동.
직접 보기는 처음이다.
덧붙여서 거리도 수백 미터쯤 떨어져 있었지만, 그럼에도— 절대로 잘못 볼 수가 없는 기체였다.
얼마 전 레인은 저 기체에 대하여 거듭 설명 들었고, 영상으로도 확인을 마쳤다.
저 기체는—.
『첨인형의 특징은 일단「단단하고 무겁다」에 있습니다.』
—제2세대 엑세리아.
제1세대와는 아득하게 격이 다른 기체.
'첨인형……!'
진화한 기갑 전차— 제2세대 엑세리아『첨인형』이 전장에 출현했다.

"에어!"
"응?"
거친 목소리에서 긴급함을 감지했을 테지.
긴장을 풀고 있었던 에어의 태도가 확 달라진다.
"무슨 일인데."
"첨인형이 나타났다."
"뭐?!"
레인은 지금 목격한 광경을 에어에게 상세히 알려줬다.
"첨인형이라니, 설마."
"그래. 얼마 전 영상으로 봤던 검고 거대한 엑세리아다."
첨인형—.
견고함과 강인함에 주안을 둔 제2세대 엑세리아.
저 기체는 고작 한 기로 막대한 피해를 만들어 내는 성능을 보유하고 있다.
—만약 영상에서 본 대로 이 전장에서 움직인다면.
'큰일이다—.'
오한이 치달린다. 첨인형은 대응 방법을 고찰할 틈도 없이 전장에 난입한 동시에 이제껏 동방국이 쌓아 올렸던 유리한 전황을 커다랗게 바꿔 놓았다.
지금까지 동방국의 피해는 제로.
엑세리아를 한 기도 잃지 않은 채 적기를 여섯 기 파괴하고, 방어선을 돌파한 기갑 부대였다. 하지만 첨인형은 이 같은 정예들에게 망설이지 않고 접근하는 동시에.

'콱—.'

일격—.

단 한 번의 돌진으로 동방국 엑세리아 두 기를 분쇄했다. 대원들은 접근을 감지한 뒤 일제히 탄환 마법을 날렸지만, 단단함이 특징으로 꼽히는 첨인형에는 아무 의미가 없었다.

분명히 탄환 마법은 명중했다.

다만, 맞히기만 해서는 의미가 없다.

강인한 장갑을 보유한 첨인형은 탄환 마법에도 아무 타격을 받지 않았다.

그리고 일반 기체와 달리 조종석까지 단단한 장갑에 감싸여 있는 첨인형은 조종을 맡은 인물을 저격하는 방법도 쓰지 못한다. 파괴하기 위해서는 기체를 관통하는 위력이 필요했다.

그렇게 레인이 동요하고 있는 사이에 다시 또 한 기가 분쇄되었다.

격한 폭음이 메아리친다.

부품이 날아 흩어졌다.

전투 개시부터 한 번도 무너지지 않았던 동방국의 유리함을 불과 수십 초 만에 빼앗겼다.

"—에어!"

"알았어."

이미 준비하고 있었던 에어에게 말을 건네는 동시에, 두 사람은 기체와 함께 후방에서 빠져나갔다. 여차할 때 주위 누구에게도 보이지 않을 위치에 있었기에 이탈은 곧바로 이루어졌다.

도로를 주파한다.

흙바닥에서도 문제없이 달릴 수 있는 엑세리아의 구조는 보수된 길에서는 더욱 빠른 속도를 발휘케 했다.두 사람이 탄 엑세리아는 빠르게 렉터 폐지구를 가로질러 갔다.

그동안 레인과 에어는 둘이 정보를 정리하면서.

"느닷없이 튀어나왔네."

"그러게 말이다."

대책을 강구한다.

승리가 눈에 보였던 전투.

다만, 이곳에 갑작스럽게 나타난 제2세대『첨인형』. 아마 광산의 기지에 배치되어 있었을 텐데, 가동하기까지 시간이 걸려 이 같은 시기에 참전했을 것이다.

'……'

틀림없는 불운이었다. 너무나 이례적인 존재, 제2세대 엑세리아가 참전하는 것을 예측할 방법은 없다.

『이 기체는 평범한 엑세리아와 비교하여 약『오십 배』의 중량을 보유하고 있습니다.』

클레이스의 말을 떠올리게 된다.

첨인형은 강하다.

평범한 엑세리아와는 비견할 수 없는 단단함을 갖췄다.

현 상태가 이어지면 동방국의 부대는 괴멸을 면치 못한다.

첨인형의 정보는 아직 공표되지 않았기 때문에 전선에 있는 병력들은 무슨 사태가 발생했는지 파악할 수 없었다.

첨인형에 대하여 아는 인물은 클레이스에게 설명을 들은 레인과 에어뿐이다.

그런데 저만 기체를 대체 어떻게 상대할 텐가—.

두 사람은 고민하며 첨인형이 날뛰고 있는 전장으로 기체를 달려 나아갔다.

『명령을 전달한다.』

그때, 무전기가 울렸다.

사령부에서 보내는 정기 통신이었다.

『현재 전선에 특수 기체가 출현해 기습을 감행했다. 또한 조종수가 아군 부대에 접촉을 시도했기에 명령을 전달하겠다. 동방국은 상대의 어떤 교섭과 요청을 받아주지 않는다. 전 대원, 적의 접촉에 응하는 것을 금한다.』

'이것은…….'

경고였다.

교섭을 시도하는 적 병력이 있다만, 절대 응답하지 말라고 경고하는 것.

또한 이 통신은 본래 일개 병사의 입장에서는 흘려들어도 무방한 명령이었지만.

『내용만 간결하게 전달하겠다.』

레인과 에어에게는—.

『접촉자의 이름은 카이세이— 카이세이 레이스맨이라는 이름을 쓰는 인물이다.』

전혀 의미가 다른 내용이 포함되어 있었다.

『이 인물과의 통신 행위를 금한다.』

카이세이—.

레인은 오싹 소름이 끼쳤다.

원인은 전방에 앉아 있는 에어였다.

"—흐응."

짧은 한 마디에 더할 나위가 없는 분노가 담겨 있었다.

내려다보는 소녀의 등에서는 떨림— 격렬한 분노에서 비롯된 떨림을 확인할 수 있었다.

당연한 반응이라 말할 수 있겠다.

만약 카이세이라는 남자가 레인 및 에어가 예상했던 대로 모든 사건의 암약자라면……. 저 남자가 망령이라는 존재를 만들어냈고, 또한 평화를 바랐던 데드림을 조종한 인물이라면—.

—용서할 수 없다.

"흐음."

에어는 한 차례 숨을 쉬었다.

"별일이네. 빼앗긴 제2세대 엑세리아에 더해서 내가 찾고 있었던 인물이 이 전장에 나타난 것도 알았어. 첨인형을 쓰러뜨리는 것이 카이세이와 이어진다는 이런 행운을 놓칠 순 없지."

"어떻게 할래?"

"당연히 쳐부술 거야."

"좋아."

레인도 같은 의견이었다.

이 전장에는 레인과 에어 이외에 첨인형과 맞서 싸울할 만한 인재가 없을 것이다. 다만 무작정 접근할 만큼 생각이 없지는 않다. 우선 승리를 기대할 수 있어야 접근도 가능하다.

다만— 아무리 봐도 대책을 떠올릴 수 없었다.

첨인형은 이후에도 일방적인 유린을 계속했다.

오직 돌진만 반복하는데도 잇따라 격파당하고 있다. 첨인형의 강점은 너무 단순하게도 「튼튼함」인지라 이렇다 할 공략법도 없다는 생각이 든다.

다만 기체를 조작하는 데 뛰어난 에어는 한 가지 위화감을 깨달았다.

"……역시 이상해."

"뭐가."

"지나치게 빨라."

"음? 당연한 말이잖아."

"아니야."

—위화감.

그것은 첨인형의 기체 자체에서 감지한 것은 아니었다.

"주변을 지나치게 잘 보고 움직인다고. 아까부터 저 기체의 움직임을 쭉 살펴봤는데, 마치 장애물을 투명하게 보는 것처럼 이동하면서 전투를 하고 있어. 울창한 숲속이라 시야 확보가 무척 어려울 텐데."

"그렇게 이상한 건가?"

"기체 성능이 아무리 좋아도 시야만큼은 어떻게 할 방법이 없는걸. 보통은 아군 기체와 연계해서 시야의 구멍을 메우지만, 지금 첨인형은 달랑 한 기야. 분명 사각이 가득할 텐데도 마치 집단전처럼 넓은 시야로 싸우고 있어. 너무 이상해."

요컨대.

"어딘가에 첨인형과 협력하는 부대가 있어."

그것이 에어가 내린 결론이었다.

조종수가 아닌 레인은 절대 깨달을 수 없는 요소였다.

다만— 그렇다 해도 적군의 다른 동료는 어디에 있단 말인가.

전장에는 틀림없이 저 기체 한 기뿐인데.

엑세리아는 어딘가에 은폐가 가능할 만큼 작지 않았다. 렉터 폐지구에서 광산을 향해 올라가듯 형성된 전장은 탁 트인 지형인지라 먼 곳에서도 곳곳이 잘 보인다.

그렇기에 레인은 확신할 수 있었다.

지금 전장에 있는 서방국의 기체는 틀림없이 저 첨인형 한 기뿐이다.

하지만 에어는 첨인형은 반드시 다른 동료와 연계하여 움직이고 있다고 말한다.

그렇다면 첨인형은 어디에서 어떻게 정보를 얻고 있는가—.

'—설마.'

생각하던 중, 레인은 알아차렸다.

퍼뜩 놀라며 주위를 둘러본다.

이곳은 단순한 산림이 아닌 버림받은 주민들의 도시『렉터 폐지구』이다.

여기저기 주민이 있는 지역임에도 비밀리에 실행한 기습이었던 터라 피난 권고가 미리 이루어지지 않았다. 도망치려다가 늦은 부류 및 전투가 끝나기를 가만히 기다리는 주민도 다수 있었다. 물론 군인들은 주민의 피해 따위 아랑곳 않고 기갑전을 수행했기 때문에 유탄이나 폭풍에 휩쓸려 죽은 사람도 있다.

그럼에도 역시 끝까지 도망치지 않고 남은 주민이 아직 많았고—.

'어디냐—.'

레인은 쭉 둘러본다.

주위에는 폐가로 전락한 주택 및 교회, 저수 시설 따위가 있었다.

'어디에서—.'

조건을 좁혀 사고하면서 탐색한다.

그렇게 레인이 현재 위치에서「서쪽」으로 시선을 향했을 때.

'찾았다—.'

—발견했다.

'저 위치라면—.'

레인은 한 가지 확신을 가지고 기체를 조작하는 에어에게 목적지의 변경을 요구했다.

높이 40미터.

저 「시계탑」은 폐지구의 중앙에 건축되어 있었다.

나중에 안 사실인데, 저 시계탑은 이 도시가 폐지구로 지정되기 전 관광 자원을 만들려는 목적으로 도시 중심부에 건립되었다고 들었다.

많은 이들의 소망이 담긴 이 도시의 상징이었을 테지.

평화를 기원하는 마음도 담겨 있지 않았을까.

그러나 레인은 지금 시계탑의 정상에서.

"움직이지 마라."

평화와 정반대의 행동을 취하고 있었다.

"조금이라도 움직이면 쏘겠다."

라이플을 든 레인은 총구를 정확하게 겨눴다.

다만 목표는 군복을 입은 군인이 아니라— 일상복을 착용한 주민 두 사람이었다. 손에는 아무런 총포류도 쥐여 있지 않았다. 날붙이도 찾아볼 수 없다.

그 대신 발밑에는 평범한 주민이라면 절대 인연이 없는 기계류— 무전기가 놓여 있었다.

"역시 높은 곳에서 지시하는 인원이 있었군."

시계탑의 높이는 40미터.

지상과 매우 거리가 있는 높은 이 장소라면.

"이 장소라면 첨인형에게 전황을 알릴 수 있겠지. 이곳에서 고작 한 기로 싸우는 저 기체에게 정보를 주고 있었어. 아닌가?"

말을 잇는다.

"카이세이 레이스맨."

"……흐음."

반응한 것은 후드를 깊숙하게 눌러쓴 가느다란 남자였다. 지저분한 차림새와 거친 머리카락이 눈에 띄지만, 저 신체는 단지 가느다랗기만 한 것이 아니었다.

군살이 전혀 없어서 옷에 가려졌어도 숨기지 못할 만큼 세련된 군인의 체형이었다.

'두 명…….'

시계탑에 있는 인물은 청년 두 명이었다.

다만, 단순하게 두 명의 인간이 있던 것은 아니다.

기이한 상황이었다.

후드에 가려 얼굴이 안 보이는 남자의 옆쪽에 앉은 또 한 사람은 복부를 피로 물들인 채 숨을 헐떡이고 있는 빈사의 상태였으니까. 죽기 직전인 데다가 저 얼굴을 잘 보면 서방국에서 제법 이름을 날린 무관인 이안 중위임을 알 수 있었다.

'어째서, 이 남자가—.'

기억이 난다.

죽기 직전이지만 이안은 분명 서방의 방어전을 담당하는 상급 장교였다.

일상복을 입은 데다가 출혈량이 많아 혈색도 안 좋았지만, 적측 장교의 얼굴을 잘못 알아볼 리 없다.

다만 그 장교의 옆쪽에는.

"아, 이 녀석?"

성별을 예측할 수 없는 목소리—.
후드를 눌러쓴 청년이 내는 목소리.
"좀 귀찮아서 일단 데려온 거야. 서방국에서 꽤 높은 위치에 있는 녀석이니까 여차할 때 보험으로 쓰려고."
"……."
영문을 알 수가 없었다.
이안 중위는 서방국에서 사령관 수준의 중진이다.
그런 인물을 빈사로 만들어 데려오는 과정은 결코 수월하지 않았을 텐데—.
"그래, 나한테 무슨 볼일일까? 딱히 관광을 하러 시계탑에 올라오진 않았을 텐데."
그저 목소리뿐인데도 강렬한 위압감이 느껴졌다.
레인은 위축될 뻔했다.
저자의 표정은 후드의 그림자에 가려 보이지 않아 감정을 읽어 대처하기도 어렵다.
청년이 계속 말했다.
"음? 아하, 혹시 카이세이라는 말을 듣고서 나와 만나러 온 건가— 으음, 뭐, 맞겠지. 확실히 저 『첨인형』에 명령을 보내는 사람은 나야. 내가 맞기는 한데, 방금 전 내 이름을 부른 이유는 따로 있겠지? 너는 분명히 내가 여기 있다고 확신해서 찾아온 거야."
그리고 인정했다.
레인이 부른 이름을— 자신의 이름이라고.

'이 자식—.'

이 자식이 한 짓인가.

카이세이— 망령 데드림이 남긴 하나의 단서.

그것은 카이세이라는 남자의 이름이자, 에어를 포함하여 망령이라는 일그러진 존재를 만들어 100년을 이어진 동서 간의 전쟁을 사주했을지도 모르는 원흉이다.

갑작스럽게 이루어진 대면.

또한 레인은 절호의 기회를 멀뚱멀뚱 쳐다보며 놓칠 생각이 털끝만큼도 없었다.

—지금 처단한다.

결판을 내야만 한다.

레인은 겨누고 있던 라이플로 탄환을 발사하겠다는 최종 판단을 내렸다.

하지만 그때였다.

'—큭.'

카이세이는 제자리에서 쭉 힘을 빼내며 쓰러지다시피 몸을 구부렸다.

쓰러졌다고— 언뜻 착각할 만한 동작이었다.

하지만 아니었다.

카이세이는 쓰러지는 자세에서 곧바로 등에 멘 라이플을 재빨리 뽑아 들었다.

'위험해—.'

불쑥 쓰러졌던 것은 속사를 위한 페이크 동작이었다.

아울러 동시에 카이세이가 쏟아 내는 「살기」를 감지한 레인은.
'—제길!'
최선은 이 남자를 생포하는 것이다.
그러나 저항을 허락하고 말았다.
—쏠 수밖에 없다.
이 남자에게서 얻어야 할 정보는 산처럼 많다. 만약에 망령과 관계가 있는 인물이라면— 망령을 만든 목적은 대체 무엇인가— 큰 전쟁이 발생할 때마다 나타나는 것에는 어떤 의미가 있는가.
어째서— 망령이 생겨나는가.
어떤 정보든 획득할 수 있을 것이다.
그러나 지금 이 남자를 쏜다면 모든 비밀은 영원히 묻히게 된다. 아니, 그뿐 아니라 만약에 정말 카이세이가 망령을 만들어 내는 존재라면 이 남자를 악마의 탄환으로 지워 없앴을 때 어떤 변화가 일어나겠는가.
이 남자를 『악마의 탄환』으로 쏘아서 죽여버린다면.
'여태 만들어 낸 망령이—.'
그것은 당연한 귀결.
'—에어가 사라질지도 몰라.'
여기까지 생각이 미쳤을 때, 레인은 방아쇠 당기는 것을 잠깐이나마 망설였다.
몸이 멈춰버렸다.
하지만.

"—쏴."

그런 망설임을 떨쳐주려는 듯이.

"쏴, 레인!"

에어의 말이 갈등을 지웠다.

저 외침은 에어가 모든 결과를 받아들여서 내린 명령이었다.

에어는— 이미 각오하고 있었다.

'—에어, 너.'

카이세이를 악마의 탄환으로 쏘아 죽이면 어떻게 되는가.

자신의 존재가 사라질 가능성도 포함해서, 그럼에도 여차할 때 어떻게 행동해야 하는가.

카이세이와 접촉하겠다고 결정했을 때 주저하지 않도록— 이미 에어는 모든 것을 결정하고 왔다.

레인은 소녀의 각오를 받아들였다.

자신이 사라질 가능성까지 모두 다 감수해서 그럼에도 카이세이를 지워 없애겠다고 이곳에 오기 훨씬 전부터 에어가 선택을 마쳤다면, 레인이 감히 어떻게 부정하겠는가.

'카이세이—!'

결국 레인은 총을 쏘았다.

장전한 것은 『악마의 탄환』.

표적의 존재와 흔적 전부를 빼앗아 가는 마법의 탄환이 카이세이에게 날아간다.

거리는 10미터가 안 된다.

어떤 행동을 취하더라도 회피는 불가능했다.

얼굴조차 보지 못했던 카이세이라는 남자— 저 남자의 존재는 이곳에서 사라진다.

그래야 했다.

하지만.

"또 만나자."

다음 순간, 피를 흩뿌린 인물은.

"앗!"

또 다른 인물, 서방국의 군인— 이안 중위였다.

발사된 은빛 탄환은 가만히 앉아 있었던 이안 중위의 머리 한가운데를 꿰뚫었다.

"어떻게!"

말도 안 된다.

잘못 쏘았을 리 없었다.

레인이 쏜 탄환은 똑바로 카이세이에게 날아갔었다.

실수는 있을 수 없는 거리였다.

빗나갈 리 없다.

자신은 지금 분명히 카이세이라는 남자를 조준해서 쏘았다.

그런데 **은색의 탄환이 명중한 곳은 옆쪽에 있던 이안 중위였다.**

"—아핫."

카이세이의 조소.

이 현상이 모두 저 남자의 의도대로 이루어졌음을 나타냈다.

그리고 대상이 누구이든 『은빛 탄환』의 효과는 발동했다.

전환된다.

악마의 탄환이 초래하는 결과로.

'아차—.'

"또 보자고, 레인 란츠."

짧은 한마디를 마지막으로— 세계는 개변되었다.

—개변이 이루어지고.

"으……."

평소와 같은 감각.

사고가 뒤흔들리는 듯한 현기증은 분명한 증거였다.

『재편성』이 작동했다.

레인의 앞에 보이는 것은 시계탑 위 광경이 아닌 화염이 피어오르는 전장이었다.

상황을 파악한 순간, 레인은 곧바로 격한 긴장감을 불러일으켰다. 느닷없이 전장에 떨어진 처지인 만큼 적국의 병력에게 공격을 받을지도 모른다는 생각이 스쳐서였다.

다만 잘 살펴보니 괜한 긴장이었음을 알 수 있었다.

분명 나무들은 불타고 있고, 이곳이 전장이라는 것은 틀림없다.

하지만 눈에 보이는 기체는 모두가 동방국 소속이었고, 느린 속도로 산을 내려가는 듯한 움직임이었다.

또한 기체에 설치된 무전기가 현재 상황을 결정적으로 알려줬다.

『이제 제3부대부터 나머지는 각자 편대로 복귀해라. 복병이 있을 가능성도 부정은 못하니까 아무리 승리했더라도 긴장을 풀지는 말고.』

무전이 알려주는 사실.

그것은 개변을 마친 이 세계에서는『승리한 전장』에 서있다는 소식이었다.

전환된 세계에서 동방국은 큰 문제와 맞닥뜨리지 않고 승리를 거두었다.

'무슨 일이—.'

무슨 일이 일어났던 것일까.

개변되기 직전 상황에서, 이번 전투는 불쑥 난입한 첨인형에 의하여 전황이 악화됐었다.

하지만 이 세계에서는 문제없이 당초 예정한 대로 승리를 거두었다고 한다.

'……아무튼 간에.'

먼저 정보를 확보해야 생각도 할 수 있겠다.

문득 시선을 앞에 향했더니, 이 세계에서 동승하고 있는 인물은 애슬리였다.

이런 부분도 작은 변화였다.

"애슬리."

레인을 말을 건넨다.

"미안한데, 여긴 전장의 어디지?"

조금 부자연스러운 질문일 터이나 정확한 정보를 빨리 확보하기 위해서 둘러대지 않고 물었다.

다만 레인이 물어봐도.

'……음?'

애슬리는 대답하지 않았다.

안 들렸을 리는 없다. 다만, 아무런 답을 안 한다.

다시 보니 머리를 부여잡은 채 흔들고 있었다.

왜 저럴까.

장소를 물어봤을 뿐인데.

"아, 미안, 잠깐만."

거리를 두고.

"—머리가 좀, 아파서."

"머리가 왜? 전투 중 부상당했나?"

"아니, 응, 아까 살짝 머리를 부딪혀서, 하하……."

주위를 둘러보는 애슬리.

애슬리 또한 이곳이 어디인지를 모르는 듯한 눈치였다.

한데 어째서 애슬리가 본인의 위치조차 파악하지 못하는가. 자신이 먼저 한 질문이었기에 강하게 말은 못했지만, 레인은 엄연히 포격 전문의 역할이었다.

자기 위치를 놓쳐버리는 경우는 평소에도 자주 있었다.

그러나 항상 지형을 파악해서 움직여야하는 조종수(핸들러) 애슬리가 모른다는 것은 이상하잖은가.

'……음?'

명확한 위화감이었지만, 레인은 흘려 넘겨버렸다.

달리 생각해야 할 문제가 있었기 때문이다.

'카이세이—.'

생각해야 할 문제.

그것은 세계가 의도치 않게 개변되도록 조장했을 한 남자의 존재다.

그 남자는 무엇을, 어디까지 알고 있는가?

카이세이는 어떤 목적으로— 그곳에 나타났었는가.

그 문제를 생각하는 동안에, 레인은 애슐리에게 느꼈던 위화감을 잊어버리고 말았다.

3. 에어와 애슬리는 목욕탕에서

"휴우."

심야 2시.

야간 경계를 맡은 인원을 제외하고는 모두 잠들어 조용한 시간, 이때 애슬리는 목욕탕에 있었다.

'역시 아무도 없구나…….'

주간에 치른 기습전은 승리로 끝났다.

예비 병력이었던 학생병은 사후 처리 업무에 참가하지 않았던 터라 곧바로 철수한 뒤 가까운 도시에 있는 위성 기지에서 휴식을 취하게 됐다.

야간에 도착했기에 전원이 곧장 침대에 몸을 뉘였다.

하지만 막상 누워도 잠이 안 와서 애슬리는 혼자 기지에 병설된 목욕탕을 찾아왔다. 이미 뜨거운 물은 끊겼지만, 미지근한 온도의 물이라도 몸을 담그는 데는 문제없었다.

여성 대원용이기에 청소도 제법 잘되어 깔끔한 욕조였다.

"……."

옷을 벗은 뒤 자신의 몸을 내려다보다가 흙과 검댕이 생각보다 온몸 곳곳에 묻어 있음을 깨달았다. 남자들은 개의치 않고 잠자리에 들었지만, 역시 꾀죄죄한 상태로 쉬려니까 찝찝한 마음이 든다. 욕조에서 물을 퍼 몸에 끼얹고, 머리카락을 뒤로 묶어 올렸다.

지저분한 몸을 정성껏 씻는다.

그 후 미지근한 물에 몸을 넣었다.

"……후유."

숨이 새어 나왔다. 팽팽했던 긴장이 따뜻한 물에 녹아서 사라지는 기분이었다.

욕조는 정말 오랜만이다.

기본적으로 샤워실밖에 없는 시설이 대부분이라 욕조를 마련해 놓은 위성 기지는 매우 드물었다.

몸에서 힘을 빼자 팽팽했던 긴장감도 같이 빠져나간다.

다만 멍하니 몸을 담근 채 가만히 있으니까.

'……'

떠올리기 싫은 생각이 자꾸 머릿속을 자극한다. 어쩔 수 없이 떠올리게 된다.

'오늘은—.'

무사히 전투에서 승리했다.

아무도 죽지 않았다. 목적을 달성한 뒤 복귀했다.

모두가 바라 마지않는 결과이기에 물론 자신도 기쁜 마음이 들어야 할 텐데.

'아니야—.'

애슬리는 알고 있었다.

이번 승리는 동방국이 무난하게 거둔 전과가 아니라는 것을.

'진짜 세계는—.'

오늘 자신이 체험했던 현상— 그것이 정녕 진실인지는 알 수 없다.

어쩌면 꿈을 꾸었을 수도 있고, 전장이라는 환경에 쭉 몸을 담아왔던 탓에 자신의 정신이 망가져서 보게 된 환각일 수도 있겠다.

그렇게 치부하는 것이 훨씬 더 현실적이었다.

그만큼 애슬리는 기묘하고도 이상한 경험을 했다.

하지만— 그럼에도.

만약이라는 말을 가져와 써도 된다면.

'내가 있는 이 세계는…….'

진짜가 아니다.

아니, 진짜 세계임은 틀림없지만—.

'아니야, 내가 있었던 진짜 세계에서—.'

너무나 현실과 동떨어진 생각임은 잘 안다. 다만 보통은 픽 웃어넘길 만한 가정인데도, 이제껏 자신이 몸소 겪었던 것을 떠올리면 현실로 받아들일 수밖에 없다.

오늘 겪었던 『두통』.

그 통증은 오늘이 처음은 아니었다.

몇 개월 전—.

몇 개월 전부터 비슷한 경험이 수없이 반복되고 있다.

시야의 전환—.

머리가 아파지며 시야가 암전하는 동시에 「세계가 바뀌었다」는 현상을 거듭 경험했다.

"……."

처음이 언제였는지는 분명하게 기억한다.

『그날―』.

그날이다.

자신이 처음 사람을 쐈던 날― 킬리리스라는 소녀를 쏘아 죽였던 때다.

자신이 쏘아 날렸던 탄환이 킬리리스의 심장을 꿰뚫었을 때, 시야가 확 어두워졌고.

'그때가, 처음이었어.'

세계는 개변되었다.

분명히 활활 타오르는 숲속에 있었는데도, 문득 깨달았을 때는 황당하게도 기숙사의 식당에서 느긋하게 식사를 하는 중이었다.

또한 나중에 조사해서 알았다.

자신이 쏜 킬리리스라는 소녀가, 서방국에는 존재하지 않는다는 것을.

'…….'

내가 본 것은 어쩌면 꿈이 아니었을까?

그렇게 생각하고 싶어도 손안에는 킬리리스의 이름이 각인된 탄피가 있었다.

부모님의 원수일지언정 자신이 사람을 죽였다는 증거― 차마 백일몽이라고 생각할 수는 없었다.

현실이다.

자신이 직접 경험했던 현상 전부가.

'게다가—.'

게다가— 한 번이 아니다.

그날…… 킬리리스를 쏘아 죽였던 몇 개월 전의 그날부터 「세계의 개변」이 거듭 발생하기 시작했다. 집에서 쉬던 때도, 학교의 보충 학습 중에도, 거리에 외출했을 때도, 불쑥 세계가 일렁일렁 흔들리다가 주변에서 큰 변화가 생겨났었다.

물론 무엇이 변화되었는지 알기 어려울 때도 있었다.

사실 모르는 때가 더 많았다.

그러니까, 아무것도 달라지지 않은 때가 더 많았으니까 설마 아닐 것이라 생각했던 시기가 있었다.

하지만— 더 이상은 얼버무릴 수 없다.

무시할 수 없다.

오늘 사건으로 확신했다.

'레인—.'

자신의 파트너.

오르토메니아의 일개 학생병에 불과한 소년에게도.

'틀림없이, 같은 경험을 했어…….'

똑같은 현상이 발생하고 있다……. 이 같은 추측을 겨우 받아들일 수 있었다.

오늘 겪었던 세계의 개변에서 레인은 자신에게 「여긴 어디지」라는 질문을 했다. 이제껏 몇 번인가 비슷한 질문을 받은 적이 있었는데, 오늘 사건으로 겨우 확신에 다다랐다. 전장에서 현재 위치가 어디인지 거듭 잊어버리고 되묻는 것은 상식적이지 않다.

레인은 자신과 마찬가지로 「느닷없이」 낯선 장소로 이동당했다.

그래서 위치를 파악하지 못한 것이다.

아울러 같은 현상이 짐작하자면.

'그 아이한테도…….'

은색의 소녀, 에어에게도 같은 현상이 일어났을 가능성이 있다.

딱히 증거나 확신이 있지는 않다. 어디까지나 직감에 따른 가설이었지만, 몇 개월 전 전학을 온 이후 에어라는 아이는 쭉 레인과 함께 행동하기 시작했다.

어떤 관계인지는 잘 모른다.

다만 자신은 눈치가 나쁜 편은 아니었다.

두 사람은 무엇인가 비밀을 공유하고 있다.

더구나 결코 타인에게 알려지면 안 되는 큰 비밀을 둘이서 숨기고 있다.

그렇게 생각하는 것이 타당할 테지.

'에어…….'

이래저래 수수께끼가 많은 은색 소녀의 이름과 모습을 떠올리며 애슬리는 손바닥으로 물을 떠서 철퍽철퍽 얼굴을 씻었다. 쓸데없는 사고를 씻어내려는 듯이.

그런데, 그때였다.

철컥, 목욕탕 문이 열리는 소리가 났다.

하나의 인영이 목욕탕에 들어왔다.

아무도 오지 않기를 바래 심야를 선택했는데, 완전히 같은 생각을 한 학생이 있는 듯했다.

게다가.

"엑."

저절로 목소리가 나와버렸다.

막 들어온 인물은 지금 막 생각하고 있었던 대상, 에어 본인이었기 때문이다.

또한 에어도 선객이 있었다는 사실을 들어온 뒤에 깨달은 듯했다.

"—앗."

발을 헛디뎠으니까.

설마 이 늦은 시간에 또 누가 있을 것이라 생각하지는 않았나 보다.

"너, 어째서."

"그냥 평범하게 씻으러 온 건데……."

"……."

망설이는 표정을 짓는 에어. 뒤돌아 나가야 할까 고민하는 듯하다.

다만 심야까지 기다려서 목욕을 하러 온데다가 주간의 전투 때 묻은 흙먼지며 땀을 씻고 싶다는 욕구는 에어도 여자아이인 만큼 억누를 수 없었나 보다.

"……."

에어는 아무 말 없이 조그만 통에 욕조의 물을 담아서 몸을 씻기 시작했다.

철벅철벅하며 가볍게 몸을 닦고 씻는다.

그 후 욕조에 들어왔는데, 굳이 애슬리에게서 먼 위치를 골라 앉았다.

곧이어 얼굴을 옆으로 휙 돌린다.

뻔한 태도로 자신을 외면하고 있다.

'노골적이네…….'

「말 걸지 마」라는 마음의 목소리가 들려오는 것 같았다.

하지만 애써 거리를 벌려봐도 이곳의 욕조는 그렇게 넓지 않았다.

대각선상에 앉아도 2미터가 체 떨어지지 않는다.

따라서.

'……예전부터 생각했는데.'

에어를 잘 살펴볼 수 있었다.

애슬리는 곁눈질로 욕조에 앉은 소녀를 빤히 바라본다.

그리고 생각했다.

'—예쁘다.'

애슬리는 곁눈질로 소녀를 쳐다보면서 새삼 생각을 떠올렸다.

은색의 소녀는— 역시 아름답다. 평소부터 몸단장을 잘하고 다니지만, 물에 젖어서 더욱 윤기가 흐르자 한층 더 시선을 끌었다. 머리를 묶어 올리고 살짝 땀을 흘리며 맨살을 드러내고 있는 에어는 동성인 자신도 조금 두근두근할 만큼 아리따웠다.

그렇다— 아리땁다.

이 은색의 소녀는.

이 소녀가 나타난 이후— 레인은 자신에게서 멀어져 갔다.

"있잖아, 에어."

말을 붙여본다.

평소 같았으면 가만히 놓아두었을 텐데, 지금은 왠지 말을 걸어보고 싶은 기분이었다.

하지만.

"……."

"엥. 들리잖아, 에어?"

에어는 나에게 시선도 돌리지 않는다.

무시하기로 결정했나 보다.

새침하게 고개를 돌린 채 가만있었다.

"……."

이러면 좀 심술이 난다.

딱히 무시를 할 이유는 없지 않냐고 생각해서 애슬리는 앉은 채로 에어에게 다가갔다. 다만, 애슬리가 손닿는 위치까지 몸을 근처로 가져가도.

"……."

에어는 이쪽에 시선을 향하려는 기색조차 없었다.

석상처럼 움직이지 않는다.

따라서.

"에잇."

가슴을 주물러줬다.

"꺄읏!"

귀여운 목소리가 나왔다.

"무, 무슨 짓이야!"

"푸핫!"

철썩, 얼굴에 물을 끼얹는 반격이 날아왔다.

꽤 강한 기세였다.

"뭔데! 왜 내 가슴을 주무른 거야?!"

"아니, 자꾸만 무시하니까……. 그럼 가슴을 주물러줘야지……."

"무슨 헛소리야!"

"이야기정도는 하자."

"……싫어."

가슴께를 가린 채 후퇴하는 에어.

경계심만 잔뜩 자극해버렸지만.

"있잖아, 에어. 여기서 마주친 것도 인연이라고 생각할 수

있는 여유를 보여주면 좋겠어. 우리는 서로 얼굴은 알지만, 직접 얘기한 적은 거의 없잖아?"

"얘기할 필요가 없으니까."

"나는 있는데."

"알 바 아니거든."

흥, 하고 코웃음을 친다.

다시 입을 꾹 다물고 무시하는 에어.

자신을 철저하게 없는 사람으로 취급하려는 태도였다.

"흐음, 좀 섭섭하네."

애슬리가 또 손을 들어 올리자.

"윽!"

흠칫 놀라며 에어는 몸을 비틀었다.

또 주무를까봐 경계하는지 두 손으로 가슴께를 단단히 방어한다. 사실은 다시 장난을 칠 마음이 없었던 애슬리였지만 귀여운 동물 같은 반응을 보고 생각이 살짝 달라졌다.

'……한 번 더 주물러볼까?'

이럴 때는 두 번, 세 번을 할수록 더 재미있어질 테니까 또 손을 뻗으려다가 문득 움직임을 멈추게 됐다. 이유는 에어의 몸을 새삼 주시했기 때문이다.

에어는 몸에 목욕 수건을 둘러 놓았다.

욕조에 들어올 때 보통은 수건을 푼다. 그런데 에어는 굳이 수건을 두른 채 몸을 담갔다. 애슬리도 방금 전 가슴을 목욕 수건 위에서 주물렀었다만, 공교롭게도.

'……'

그 손놀림에 에어의 목욕 수건이 살짝 흘러내려서 앞가슴 일부가 노출되었다.

또한, 목격하게 되었다.

에어의 앞가슴에는— 오랜 흉터가 잔뜩 새겨져 있었다.

'아.'

총알에 맞은 상처, 칼날에 베인 상처, 자세히 살펴보면 팔과 다리도 성하지는 않겠다 싶을 만큼 소녀의 몸은 흉터투성이였다. 소녀가 어째서 수건을 두른 채 욕조에 들어왔는가.

조금만 생각하면 알 수 있었을 텐데 미처 신경을 못 썼다.

'흐음……'

나름 험난한 길을 걸어왔다는 것은 이해했다.

하지만 대뜸 사과하는 것도 실례라는 생각이 들어 사죄의 말은 꺼내지 않았다.

사과를 바라지 않을 테니까— 에어의 가장 큰 바람은 사죄의 말이 아니라 못 본 척해주는 것이다. 게다가 군인 중에는 더 심각하게 상처를 입은 사람이 절대로 적지 않았다.

이런 정도의 흉터는— 비극조차 되지 못한다. 그러니까.

"음, 있잖아."

대화 주제를 바꾸기로 했다.

에어와 마주 보면서 애슬리는 급히 이 아이가 관심을 보일 만한 이야깃거리를 궁리했다.

그나저나— 무슨 이야기를 해야 할까.

“가슴, 의외로 크더라?”

“때릴 거야.”

틀렸다.

에어가 일어나서 자세를 취한다.

“으앗! 잠깐만! 으음—.”

살기등등한 에어를 견제하며 두뇌를 풀가동했다.

다만— 장난치는 말부터 늘어놓았어도 하고 싶은 질문이나 나누고 싶은 이야기가 있다는 것은 예전부터 거짓이 없는 애슬리의 본심이었다. 특히 이제까지 겪었던 이상한 현상과 관련된 마음앓이는 더 이상 혼자서 떠안고 싶지 않았다.

그런데— 물어보면 이 소녀가 순순히 대답해준다는 보장은 어디에 있지?

과연 숨김없이 전부 말해주겠는가.

자신에게 진실을 말해주리라고 어떻게 막연한 기대감을 가질 수 있을까.

—안 되겠다.

설령 자신의 생각이 옳다 하더라도 순순히 대답해줄 리 없었다.

결코 사실대로 이야기해주지 않겠지.

그 정도는 예상할 수 있다.

소녀가 가슴에 품은 것은 깊숙이 고여 있는 어둠이기에 결코 타인이 자신의 마음에 들어오도록 허락하지 않는다. 진정으로 신뢰하는 인간이 실은 단 한 명도 없다는 것이야말로 이 소녀를 작은 몸인데도 늠름하게 보이게 하는 이유이며, 또한 주위의 사람들은 체격과 관계없는 굳건함을 느끼게 된다.

누구의 접근도 용납하지 않는다.

단 한 사람— 레인이라는 존재를 제외하고.

'……'

지난 몇 개월, 수없이 목격했다.

이 은색의 소녀는 학교생활의 모든 것에 연기를 한다. 언제나 뻔히 티나는 가짜 웃음을 달고 행동하고, 대인관계용 가면에 속아 넘어가는 사람들에게는 어떠한 관심도 갖지 않는다.

같은 반 학생이라는 인식도 없다.

다른 사람을 상대하는 것을 단순히 「의무」라고 생각할 따름이다.

그런 인간이다.

원활한 인간관계를 만들어야 하는 중요성을 잘 이해하고 있기 때문에 결코 다른 사람들을 허투루 대하지는 않는다 뿐이지, 결국 본질적으로 다른 사람을 신뢰하지 않는다. 결코 다가가지 않으며, 다가오는 것을 허락하지 않는다.

다만, 레인과 함께할 때는 달랐다.

소녀는 레인과 함께 있으면 태도가 무척 달라진다.

아마도 에어 본인은 결코 자각하지 못했을 테고 이러한 관계성에 지독하게 둔감한 레인도 절대 깨닫지 못했을 터이나 옆에서 보면 무척이나 명백했다.

일단 에어는 가짜 웃음을 지운다.

언제나 달고 다니는 꾸며낸 가면을 레인의 앞에서는 냉큼 벗는다.

그리고 못마땅하다는 듯이 따분한 티를 내는데도— 결코 곁에서 떨어지지 않은 채 알고 보면 누구보다도 훨씬 긴 시간을 레인과 함께 지내고 있다.

특별히 시시덕거리지도 않는다.

담담하게 어울려 지낼 뿐이다.

두 사람의 대화는 항상 주위에 들리지 않게 작은 소리로 했고, 웃음소리가 불쑥 쏟아져 나오지도 않는다. 가끔 에어가 비웃는 듯한 표정으로 웃으며 레인을 못살게 구는 광경이 보일 따름이었다.

그럼에도— 즐겁게.

은색의 소녀는 항상 레인과 함께 있었다.

그런 광경을 애슬리는 곁에서 봐왔다.

'……'

무엇을 물어봐야 할까 고민하던 생각을 버린 뒤 무엇을 묻고 싶은지 떠올려보기로 했다.

"에어는 어디 출신이야?"

"……"

"참고로 대답할 때까지 자꾸자꾸 물어볼 거야."

"……동방국 안에서도 구석에 있는 동쪽이야."

포기했는지 마지못하게나마 에어는 대답했다.

"동쪽에 있는 린벨이라는 작은 마을이지. 특별히 뭔가 있지도 않은 정말로 흔한 마을이야."

들어본 적 없는 마을의 이름이었다.

아무튼 중요한 것은 대답한 내용이 아닌 에어가 대답했다는 사실 그 자체다. 에어는 자신에게 관심을 갖지 않는다. 끝내 질문을 무시할까 봐 염려했는데, 대답해준 것 자체에 안도했다.

"그치만, 작은 마을이었어도."

애슬리는 말을 이었다.

"사관 학교까지 왔잖아. 그럼 다른 아이들이랑 별개로 과외 수업을 받아 공부했던 거 아니야? 시골살이면 더 힘들었을 텐데. 중앙이랑 가까운 곳에 살았던 나도 진학은 많이 힘들었거든."

"꼭 그렇지도 않아. 실력만 확실하면 어디에서든 싹을 틔울 수 있어."

애슬리는 에어에 대해 아는 것이 거의 없었다.

너무나 뜻밖의 시기에 나타났을 뿐 아니라 세속과 거리가 먼 분위기인지라 예측할 수 없었지만, 어쨌든 인간인 이상 이 소녀도 불쑥 땅에서 솟아나지 않았다는 것은 분명하겠다.

따라서 조금이라도 알고자 했다.

이 소녀는 어떤 인물인지.

'—좋아.'

그때부터 애슬리는 에어에게 몇 가지 질문을 해봤다.

이제까지 무엇을 공부해왔는가, 고향 소식은 들었는가, 가족은 어떻게 지내고 있는가―. 모든 질문에 에어는 술술 대답해줬다. 막히는 곳 없이, 고민하는 시늉도 하지 않았다.

자기 자신의 이야기니까.

질문받으면 막힘없이 대답하는 것이 당연하겠다.

그러나 이 소녀라면― 미리 준비해 놓은 「거짓말」이라는 생각부터 드는 까닭은 무엇 때문일까.

'…….'

떠보는 말은 소용없다.

신상이나 경력을 더듬어 무엇인가 알아내기는 불가능하다.

에어는 영리한 인물이다.

설령 거짓말일지라도 절대로 의심받지 않을 이력을 몇 가지 패턴으로 준비해 놓았을 테지.

그러니까― 떠보지 않고.

물어야 할 핵심에 달려들어야 한다.

'에어, 넌―.'

말을 꺼내고자 했을 때 제일 먼저 뇌리에 스친 것은 『은색의 탄환』이었다.

자신이 쏘아 죽였던 킬리리스의 이름이 각인된 탄피― 그때부터 이어졌던 기묘한 현상에 대해 에어에게 물어야 한다. 물론 에어가 관련되었다는 증거도 없을뿐더러 확신도 없다. 확률로 말하자면 3할에도 못 미치는 어림짐작에 가까울 뿐 아니라 설령 맞더라도 에어는 유들유들하게 추궁을 회피할 테지. 다만 더 이상은 묻지 않고서 가만있지 못하겠다.

애슬리는 숙고한 끝에 은색의 탄환에 대해 묻고자 했다.

그런데, 그때였다.

"후우."

에어는 자신의 시선을 끊어 내듯이 일어서더니.

"난 갈게."

쓱, 욕조에서 몸을 빼냈다.

그대로 떠나가려고 하는 소녀를 쫓아서.

"자, 잠깐—."

애슬리도 급히 뒤따라 일어나고.

서둘러 따라가서 잡아 세우고자 에어의 어깻죽지에 손을 얹었던— 그 순간이었다.

애슬리는 불쑥 내동댕이쳐져서 욕조 수면에 등을 부딪쳤다.

"아얏!"

시야가 확 뒤집힌다.

다시 정신을 차렸을 때, 애슬리는 천장을 올려다보고 있었다.

"으으……!"

"내 몸에 손대지 마."

어떻게 된 영문인지 이해할 수 없었다. 엎어치기를 당했다고 깨달은 것은 등에 통증을 느끼며 몸을 뒤집어서 간신히 다시 일어났을 때였다.

"끄, 으읏……!"

아프다.

괴롭다.

수면이었는데도 지면에 내동댕이쳐진 것처럼 숨이 막혔다. 만약 단단한 돌바닥이나 흙바닥이었다면 부딪친 충격으로 허리뼈 및 팔다리 어딘가는 확실하게 부러졌을 것이다.

그만큼 진심이 담긴 공격이었다.

"헉, 헉, 으흑."

숨이 안 쉬어질 만큼 괴로워서 목소리도 잘 나오지 않는다.

욕조에 손을 짚은 채 산소 결핍증 환자처럼 헐떡헐떡 숨을 몰아쉬게 된다.

"좀 세게 던졌거든."

돌아보지도 않고 은빛의 소녀는 말했다.

"조금 괴롭겠지만 1분쯤 지나면 괜찮아질 거야. 가만히 있어."

곧이어 목욕탕에서 떠나간다.

그 행동은 명백한 거절이었고 누구의 접근도 허락하지 않는 분위기가 쏟아졌지만.

"너, 너는……."

숨 쉬기가 힘들다.

사고가 흐릿해져서 말로 나오는 것은 방금 전 결정했던 내용과 다른 질문이었지만.

"너는…… 레인하고."

"……레인?"

미세하게 반응한 에어. 두 사람 사이에 있는 공통된 인물—레인이라는 소녀의 이름을 꺼낸 까닭일까. 멈춰 서서 고개를 돌린 소녀의 표정에는 살짝 의아해하는 기색이 묻어 나왔다.

이런 상황에서 레인의 이름이 나오리라는 생각은 못했을 테지. 그러나 애슬리도 이 화제만큼은 뒤로 미룰 수 없었다. 이 자리에서 에어에게 묻자고 거듭 결심했었다.

따라서.

"그래. 레인—. 에어, 너는."

말을 꺼낸다.

"—레인하고 뭘 하는 거야?"

애슬리가 꺼낸 질문은 지극히 단순했다.

에어와 레인은 둘이 붙어 다니며 무엇을 하고 있는가.

무엇을 숨기는가.

그것은 애슬리가 지난 몇 개월 동안에 쭉 담아 두었던 의문이자 이 자리에서 가장 우선해야 할 물음이었다. 솔직하게 고백을 하자면 애슬리는 정확한 정보는 거의 파악하지 못했다. 이제껏 겪은 현상과 상황으로 대략의 사태를 추측하는 것이 고작이었다.

은색의 탄환—.

그것이 단순한 마술이 아닌 특별한 힘이 있는 아이템임은 알겠다.

다만 저 탄환이 어떠한 현상을 일으키는가, 애당초 레인이 저 탄환의 존재를 알고 있는지도 확증을 갖지 못했다. 그래서 굳이 블러프 삼아 「레인과 뭘 하는 거야」라고 물었다.

만약 관계가 없다면 소녀는 「뭐?」라며 고개를 갸웃거릴 테지.

괜한 거짓말을 하지는 않을 것이다.

아울러 소녀에게 무엇이든 마음에 짚이는 바가 있을 경우는 모종의 반응을 나타낼 테고—.

역시나.

"……뭐, 라고."

질문 하나가 이 자리의 상황을 명확하게 바꿔 놓았다.

애슬리의 돌발 질문에 에어는 뻔하게 반응했다.

이제껏 줄곧 새침한 표정만 짓던 에어가.

"너, 어디까지—."

처음으로 표정을 일그러뜨렸다.

드디어 가면이 허물어졌다.

아니— 단순한 반응을 넘어섰다.

애슬리는 깨달았다.

지금 에어가 자세를 살짝 낮춰서 오른팔을 「허리 뒤편」으로 돌렸을 때.

'앗—.'

드러낸 것은 오싹하리만큼 싸늘한『살의』였다.

'애, 대체—!'

방금 전 에어의 동작은 어디까지나 반사적인 행동이었을 것이다.

마도사가 위기를 감지했을 때 즉각 나타나는 버릇— 권총을 뽑아 들고자 하는 동작이다. 다만 목욕탕에 총기를 가지고 들어올 리 없다. 에어는 곧바로 허리 위치로 가져갔던 손을 되돌렸다.

불과 1초에도 미치지 못한 잠깐의 행동.

보통은 못 보고 놓쳤을 사소한 움직임이었다.

하지만.

'지금…… 나를 죽이려고 했어?'

애슬리는 놓치지 않고 똑똑히 목격했다.

레인과 무엇을 하고 있냐고 물었는데 에어는 총을 뽑고자 했다.

이곳이 목욕탕임을 떠올리고 재빨리 손을 거두었을지언정 학생 신분으로 수많은 전장을 넘나들었던 애슬리는 소녀가 드러냈던 아주 약간의 살기도 놓치지 않았다.

자신을— 죽이려고 했다.

총이 있었다면, 에어는 이미 자신을 쏘았다.

레인과 무엇을 하고 있냐고 질문했을 뿐인데— 비밀을 지키기 위해.

"……."

"……애슬리, 너, 어디까지."

시선이 교차하는 순간이 이어진다.

서로 비무장 상태인지라 결정타는 가할 수 없다. 쌍방이 그 상황을 인식하고 있다.

다만 에어가 교묘하게 숨길지언정 한번 표출된 살의는 숨겨지지 않는 법이었다. 그것은 본래 숨겨야 했을 살의를 겉에 드러내버린 에어의 큰 실수였다.

또한 에어가 저질렀던 찰나의 실수에서 애슬리는.

'역시—.'

확신에 이르렀다.

'역시, 맞았어. 이 아이는, 레인하고—!'

중대한 비밀을 숨기고 있다. 심지어 상대가 아군이어도 발각될 경우 사정없이 쏘아 죽이기를 선택할 만큼 반드시 지켜야 할 비밀이 있음을 의미했다.

그때부터— 수십 초 동안 서로를 노려보며 시간만 흘러갔지만.

"……."

"……."

에어와 애슬리는 아직 대치하고 있다.

이런 상황을 원만하게 매듭짓고 목욕탕에서 나가는 것은 두 사람 모두 받아들일 수 없었다. 애슬리는 이대로 에어를 바깥에 내보낸다면 총을 들고 나타나 자신을 쏠 것이라는 우려가 있는 한편, 에어 또한 비밀을 눈치챘을 상대를 선불리 바깥에 내보내고 싶지 않다는 의도가 있다.

처리하겠다면— 이곳에서 끝장을 본다.

견제를 이어 나가는 에어와 애슬리.

서로의 이익과 손실을 저울 위에 올리고 목숨까지 얹은 양자의 대치가 이어진다.

다만 시간이 조금 더 지났을 때— 헤아리자면 10초도 되지 않겠으나 아직껏 나체로 극한까지 사고를 회전시키고 있는 두 소녀의 각오를 방해하려는 듯이.

사이렌이 요란하게 울렸다.

"아!"

심상치 않은 경보음이 울린다.

긴급 사태임을 알리는 사이렌이었다.

『기지 근처에서 서방국의 엑세리아가 확인됐다.』

또한— 심상치 않은 내용의 방송이었다.

『적국의 습격 가능성이 있다! 총원, 경계 태세를 갖춰라!』

4. 알고 싶지 않았던「진실」

그제서야 두 사람의 대치는 중단되었다.

적국의 침입.

에어와 애슬리는 지시를 듣자마자 목욕탕에서 뛰쳐나와 숙소로 향했다. 느긋하게 옷을 갖춰 입거나 물을 닦을 여유도 없이 물방울을 뚝뚝 흘리며 겉옷과 바지만 챙겨 입은 모양새였다.

에어는 동쪽의 여성 대원용 숙소로 달려갔다.

경보가 전한 내용은『적국의 침입』—.

곧장 출격에 나서야 한다.

에어는 무장 및 여러 준비를 마치기 위하여 자기 방으로 달려갔다.

에어가 방으로 돌아가는 와중에도, 애슬리는 같은 방향으로 달리지 않았다.

자기 방으로 달려가는 에어와 등을 마주하는 모양새로.

'—레인.'

애슬리는 에어와 반대 방향으로 달렸다.

여자 숙소와 정반대에 있는 곳, 남성 대원이 머무르는 숙소의 방향이었다.

'—레인!'

한 소년의 이름을 마음속으로 되뇌며 달려간다.
애슬리에게 중요한 것은 명령에 따르는 군인다움이 아니었다.

지금 상황에 우선해야 할 목표는『에어보다 빨리 레인과 합류하는 것』이었다.

'……에어는, 나를 쏘려고 했어.'
방금 전 대치가 떠오른다.
에어는 비밀이 발각되었다고 생각했을 때 상대를 죽여 처리하려는 행동을 보였다.
'레인—!'
확증은 없다.
레인이라면 에어와 달리 비밀이 들통나더라도 이해해주지 않을까.
줄곧 함께한 사이니까.
레인은 자신의 이야기를 들어줄지도 모른다.
그런데— 만약 아니라면?
만약 레인도 에어와 마찬가지로 비밀을 지키고자 한다면.
'비밀을 안 사람을 죽이려고 하면—.'
레인은 줄곧 함께해왔던 자신조차 죽일지도 모른다.
가능성을 완전히 부정하지 못하겠다.
—안 되겠어.
확신을 가질 수 없었다.

'에어보다 먼저 레인을 만나야겠어—.'

어서 레인을 만나서 에어에게 방금 전 대치했던 이야기를 듣지 못하도록 차단해야 한다.

아울러 이 같은 점을 생각하면 지금의 기습은 고마운 시기에 발생해준 셈이다.

긴급 출동이 발령됐다.

학생병도 물론 동원된다.

이대로 레인을 붙잡아 전장에 나간다면 에어는 레인과 접촉할 기회를 잃게 되리라.

그것이 유일한 활로였다.

그렇게 애슬리는 남성 대원의 숙소에 도착했다.

남성 대원용 구역은 이미 분주했다. 정규병, 학생병을 가리지 않고 뒤섞여서 제각각 출격 및 방어 준비를 진행하느라 사람도 많고 무척이나 경황없는 분위기였다.

대단히 혼잡했다.

격납고로 향하는 인물 및 기지의 중추 시설로 향하는 인물이 뒤죽박죽이다.

이백 명 가까운 인원이 오가고 있었다.

하지만.

"……레인!"

"……음?"

애슬리는 운 좋게도 레인을 발견했다.

격납고로 향하는 붐비는 길 중간에서 애슬리는 낯익은 인영을 찾아낼 수 있었다.

그 인영을 향해 전력으로 달려간다.

그리고 달리는 기세를 모두 실어서 레인의 품에 뛰어들었다.

"으앗!"

"다행이야……!"

"뭐가……."

한편 레인은 반사적으로 안아 받아주고도 애슬리의 상태를 알아차린 뒤 살짝 놀란 표정을 지었다. 막 목욕을 하고 나와서 겉옷만 걸친 차림이었으니까.

축축하게 젖은 선정적인 복장이었다.

가슴 부근이 크게 벌어진 데다가 속옷 종류도 착용하지 않았다.

긴급 상황이라서 주위의 누구도 깨닫지 못했을 뿐, 제로 거리에 있는 레인은 물론 알아본다.

"너, 옷이……."

"같이 가자, 레인."

"어?"

애슬리는 차림새는 관계없이 말을 이었다.

"긴급 출동이 발령됐어. 지금 학생병은 대충 둘이서 조를 짜고 경계하러 가야 해. 그러니까 우리 둘이서 가자."

억지와 함께 애슬리는 레인을 끌고 나가려고 한다.

아무리 긴급한 상황이어도 일단 레인은 정규 조원인 에어와 출격해야 하며, 애슬리의 발언은 엉터리였다. 이곳에서 레인을 끌고 나가기 위한 변명에 불과했다.

거짓말까지 하는 다급함.

다만 애슐리는 앞뒤를 가릴 처지가 아니었다.

지금 거짓말이라도 하지 않으면— 레인은 에어와 만난다.

그러면 에어는 레인에게 자신을 위험한 존재라고 말할 것이다.

'제발—.'

애슐리는 기도했다.

'제발, 레인—.'

빌었다.

레인이 자신의 어설픈 거짓말에 속아주기를 기대할 뿐, 다른 방법은 없었다. 그러자 레인은 몇 초 고민하듯 틈을 두었다. 실제로 고민하고 있을 것이다.

지금, 이 상황에서 어떻게 행동할 것인가— 소년은 짧은 시간에 결단을 내렸다.

그리고.

"임시 출격조인가, 그렇다면—."

애슐리의 물불을 가리지 않은 행동은.

"격납고로 가자, 애슐리."

사태를 또 한 발짝 전진시켰다.

안내해줘라, 레인이 먼저 재촉을 했다.

"……응, 가자."

거짓말을 거짓말로 때우는 행위— 이것이 어떤 결말을 초래하는지는 어린아이도 알고 있다. 하지만 이때 애슐리가 선택할 수 있는 최선의 행동은 거짓말을 하는 것 이외에 존재하지 않았다.

애슐리는 레인의 손을 꽉 잡아 쥐었다.

그리고 견인하듯이 그곳을 벗어났다.

잠시 후— 두 사람의 대화 이후로 약간 뒤늦게.

"헉…… 헉……."

숨을 헐떡이면서.

'—어디에, 간 거야.'

애슐리보다 한발 늦은 시기에.

'어디에.'

에어는 잔뜩 붐비는 이곳에 달려왔다.

대충 겉옷만 걸쳐 입었기에 복장은 무척 흐트러졌어도 등에는 라이플을 맸고, 허리에는 애용하는 권총을 휴대해서 무장을 했다.

인간을 죽이기 위한 무기.

망령 에어가 애용하는 총기.

아울러 모든 무기에 장전되어 있는 탄환은— 은색의 탄환.

'레인—.'

에어는 찾는다.

이 인파 안쪽에 레인이 이미 없을 가능성도 고려했지만, 그럼에도 에어는 레인이 있을 것이라 믿고 혼잡한 주변을 수색했다.

하지만 10분쯤 시간을 들여 찾아봐도 인파 안쪽에서 레인은 찾아볼 수 없었다.

운이 편들어준 것은 에어가 아닌 애슐리였다.

엑세리아 격납고에는 이미 수많은 마도사들이 집합해 있었다.

긴급 출동인지라 탑승 수속은 상당히 간략화됐고, 애슐리와 레인은 간소한 배치도만 건네받은 뒤 동방국의 엑세리아 M4 한 기로 출격하게 되었다.

두 사람이 받은 배치도에 지정된 위치는 이곳으로부터 서쪽으로 2킬로미터 떨어진 지점.

기지를 수비하는 전선이 아닌 침입자를 감시하거나 상황에 따라 증원을 가는 등 경계 요원의 임무를 받는 배치였다. 레인과 애슐리가 정규 병력이 아닌 학생병이었기에 주어진 역할이었으며, 비록 긴급한 상황이어도 학생병에게는 철저하게 배려가 이루어졌다.

"레인."

"그래."

말을 건네는 동시에 올라탄다.

애슐리는 조종석에 앉는 동시에 이미 기동되어 있는 기체의 액셀을 두 발로 힘껏 밟아서 단번에 가속시켰다. 불과 몇 초가 지나지 않아 기체는 최고 속도에 도달했다.

목적지는 2킬로미터 앞.

지도를 본 바로 주위에 사람이나 시설은 전혀 없었다. 기지를 위에서 쭉 둘러볼 수 있는 산지의 중턱에 해당되는 장소다. 경계를 서는 위치는 몸을 숨길 수 있도록 주변에 사람들의 통행도 없다.

장소를 아는 것은 군대의 사령부뿐이었다.

일반 병사가 찾아내기는 도저히 불가능하겠다.

'……'

도착은 금방이었다.

지정된 곳은 사람이 없는 바위터.

애슐리는 그중에서도 비교적 트인 위치에 엑세리아를 정지시켰다.

준비는 끝났다.

이제 경계만 서면 된다.

이곳에서 쭉 둘러보다가 적기가 보일 때 연락만 하면 끝나는 경계 임무가 개시되었다. 시각은 이미 날이 바뀌려는 무렵이었고, 인공 불빛이 없는 산지에서 광원이 되어주는 것은 달뿐이었다.

아무것도 보이지 않는다.

주변을 둘러봐도 어둠이 있을 뿐이다.

달빛은 숲 대부분의 표면만 살짝 비춘다.

반대로 말하자면 이렇게까지 어두우면 적군의 기습 부대도 아무것도 안 보일 테고, 적기가 엑세리아의 전등을 켜는 순간에 곧바로 해당 위치에 동방국이 공격을 가할 것이다.

"……."

대기 임무가 시작되고 금세 한 시간이 경과했다.

돌발 상황은 한 번도 없었다. 이곳에 온 이후 수행한 것은 정기 연락용 문답뿐이었다.

목격 정보도 안 들어온다.

적기를 보았다는 말은 사이렌이 울렸던 처음 한 번뿐이었다.

한 시간 전 목격 이후로 적기는 단 한 번도 다시 확인되지 않았다.

'혹시—.'

애슐리는 내심 의아해했다.

그리고 다시 30분이 더 경과했을 때였다.

문득 들리는 말.

"꽝이군."

레인이 입을 열었다.

"적기는 복귀했고, 우리는 쓸데없는 야간 임무에 시달린 거다. 이번 출격의 전말은 이게 전부야. 헛수고였군."

머리를 절레절레 흔들며 어이없어하는 레인.

그대로 좌석에 벌렁 드러누웠다.

아예 잠을 잘 자세다.

주간에 임무를 맡고서 쉴 틈도 없어서 피로가 쭉 축적되었기에 졸음기가 무척 심각한 지경일 테지.

애슐리는 그 모습을 보고 한숨 쉬었다.

"자는 건 괜찮은데 복귀할 땐 주변 잘 살펴봐줘."

"애슬리, 너도 잠이나 자라."

"나까지 자면 안 되지."

적의 습격은 없다.

그것이 거의 확정된 이상, 이제부터 수행할 것은 다음 명령까지 오로지 대기뿐이다. 적이 안 나타난다고 곧장 철수할 수는 없는 노릇이기에 두 시간은 더 이곳에서 대기하게 되리라.

정말로 기다리기만 하는 임무였다.

평범한 학생병이라면 망설이지 않고 둘이서 같이 게으름을 피울 것이다. 실제로 오늘 이때가 아니었다면 성실한 애슬리도 레인을 따라 졸았을지도 모른다.

하지만—.

'—어떻게 잠이 오겠어.'

애슬리는 신경이 잔뜩 곤두선 상태였다. 이곳에 온 이후—아니, 이곳에 오기 전부터 변함없이 심장 고동은 어지러울 만큼 심하게 뛰는 데다가 줄곧 식은땀이 흐르고 있다.

이유는 물론 적 기체가 나타났기 때문이 아니다.

오히려 적 기체는 처음부터 의식 바깥에 있었고, 애슬리의 마음속에 들어오지도 못했다.

긴장하는 이유는 단 하나.

그것은— 에어에게 들켜버렸다는 것.

자신이 에어와 레인의 어떤 비밀을 눈치챘다고 덜컥 고백해 버렸다.

또한 그 결과로 에어는 자신을 쏘아 죽이려고 했고, 자신도 이렇듯 단둘이 이야기를 나누기 위해 레인을 데려와 버렸다. 에어가 봤을 때 적대 행위와 다를 바 없음은 분명하다. 이대로 기지에 복귀하면 대화를 시도할 기회조차 없이 자신은 에어에게 죽게 되리라.

그러니까—.

그러니까 지금은 어서, 빨리 이곳에서 레인과 대화를 나눠야 한다.

'그것밖에—.'

그것밖에 방법이 없다.

에어는 경계심이 무척 강하다. 레인도 거의 비슷하게 신경이 예민하지만, 가까운 인간에게는 약간이나마 경계심이 약해진다. 특히 레인과는 몇 년간 쭉 함께했던 전우이자 오랜 조원이었다. 애슬리는 지난 인연을 믿고 이야기를 할 수밖에 없었다.

그리고— 알아내야만 한다.

레인과 에어가 무엇을 하고 있는지.

무엇을 목적으로 행동하는지.

어떤 비밀을 갖고 있는지, 주위 사람들에게 무엇을 줄곧 숨겨왔는지.

그리고 이 같은 의문들을 해소하면 분명히 몇 개월 전부터 자신을 괴롭혀왔던 현상이 해결되리라는 확신도 있다. 레인과 에어는 분명히 모든 것을 알고 있을 테니까.

—은색의 탄환.

—사라진 인간.

그리고— 거듭 뒤바뀌는 세계.

이 같은 요소들을 연결해주는 해답은 분명 레인과 대화함으로써 얻을 수 있다.

그래, 틀림없다.

하지만, 그래서 더더욱.

'나는—.'

자꾸만 주저하게 된다.

레인은 이미 잠들었는데 「있잖아」라는 한 마디가 나오지 않는다. 한 번 입을 열면 돌이킬 수 없다. 더 이상 레인과 과거의 관계를 유지하게 못하게 되어버린다.

지나치게 명확한 예감이었다.

'무서워—.'

물은 순간이 마지막이다.

더는 돌이킬 수 없다.

단순한 동기생으로 남기는 결코 불가능하다.

비밀을 안 순간을 끝으로 레인과의 관계성은 결정적인 변화를 맞이한다.

다만 이러한 사실을 잘 이해할 수 있었기에 더더욱 끝내 주저한다는 선택지는 존재하지 않았다.

애슬리의 마음속에는 불타오르는 화염이 있기 때문이다.

—부모님과 태어나 자란 고향이 불타 사라진 원한은 결코 사그라들지 않는다.

무엇인가 망설이며 자꾸 선택을 주저하게 됐을 때, 애슬리의 뇌리에 스쳐 가는 것은 무참하게 불타서 숯덩이가 된 부모님과 참극을 벌인 적색의 소녀다.

눈을 감는다.

그때 본 광경이 자연스레 떠오른다.

눈꺼풀 안에 새겨진 지난날의 광경은 항상 자신의 마음속 갈등을 지워주었다.

'……'

레인은 이미 잠에 들었다.

임무 중 생기는 약간의 여유에도 휴식을 취할 수 있게 훈련받은 결과일 테지. 이 상태에서 말을 건네도 될 터이나 애슬리는 순수함과 무방비함을 잘못 판단하지 않는다.

가만히 허리에 손을 가져갔다.

그곳에는 자신의 총기— 개인용 권총이 있다.

'……총은, 있어야 해.'

교섭을 할 상황도 대비해야 한다.

또한 그때는 상대가 레인일지라도 분명 무기가 필요하리라.

지금의 자신은 어떤 최악의 사태를 가정해서 행동해야 하는 처지이니까.

레인에게 총을 겨누게 될지도 모른다— 또한 여차할 때 대응을 생각하면 총의 작동 상태를 확인할 필요도 있다. 만에 하나의 사태가 벌어졌을 때 기능 고장을 일으키면 자신은 곧장 살해당할 테니까. 애슬리의 마음에 이미 기대와 희망이라는 안이한 감정은 없다.

이제 곧 넘어서야 하는 고비는 하나의 교섭이었다.

'아무튼 여기에서 정비는 못 해.'

소리를 낼 수는 없었다.

애슬리는 엑세리아에서 내린 뒤 장소를 옮기기로 했다.

그리고 레인을 가만 놓아둔 채 숲속의 조금 깊숙한 곳까지 들어간 뒤 달빛이 강하게 내리비치는 곳을 찾아서 달려 나아갔다. 그곳에서 마지막 총기 정비를 하기 위해서다.

다만 나무들이 무성하게 자라난 탓에 예정보다 엑세리아에서 더 멀리 거리가 떨어졌다.

결국 거리로 치면 50미터는 떨어진 장소에서 정비를 수행하게 되었다.

이곳이라면 레인이 깨어나서 자신이 사라졌다는 것을 깨달아도 적당히 둘러댈 수 있다. 무엇을 하고 왔냐고 물어봐도 볼일을 좀 봤다고 말하면 될 테지.

그렇게— 숲에 진입했을 때였다.

"아……?"

애슬리는 아연실색했다.

그 이유는 이 장소에 있을 리 없는 존재가— 더 정확하게는 이런 상황에서 있어서는 안 되는 존재가 나타났기 때문이었다.

"……응? 누구야?"

말을 건네는 인간이 있었다.

"이런 데까지 왜 왔어? 무슨 볼일이야?"

야윈 남자.

아니, 헐렁헐렁한 담청색 옷을 입은 까닭에 외형만 봐선 남자인지 여자인지 분간이 되지 않는다.

그만큼 아름다운 용모였다.

목소리를 듣지 않았다면 남자로 단정할 수 없었을 것이다.

하지만 애슬리가 아연실색한 주된 이유는 이것 하나가 아니었다.

숲속에 불현듯 유령 같은 남자가 나타난 것도 물론 상당히 놀라운 사태였지만, 이 같은 놀라움에 더해진 것은 순수한 『죽음의 위험』이었다.

저 남자는 엑세리아에 걸터앉아 있었다.

게다가 평범한 엑세리아가 아니다.

남자는 주간의 전투 때 『첨인형』이라고 불렸던 거대한 흑색 기체에 앉아 있었다.

'—읏.'

애슬리는 망설이지 않고 권총을 뽑았다.

곧장 말 한마디도 꺼내지 않고 탄환을 발사한다.

명백한 침입자와 맞닥뜨렸는데 교섭이나 대화를 할 여지는 전혀 없었기 때문이다. 이 남자가 진정 서방국의 병사이든 이번 출동의 원인이 된 침입자이든 자세한 것은 시체로 만들고 나서 생각하면 된다.

그러나 탄환 마법이 남자에게 발사된 순간이었다.

"……흐음."

"아!"

"좋은 총이네. 잠깐 보여줘."

애슬리의 손에서 권총이 빠져 떨어졌다.

남자는 눈 깜짝할 새에 눈앞에 나타나서 애슬리의 오른손을 잡아 쥐었다.

"윽, 놔!"

"아, 미안."

홱 손을 놔주는 남자.

애슬리는 뒤로 엎어졌다.

"이런, 너무 요란하게 넘어지네. 마치 내가 나쁜 놈 같잖아."

"―큭."

자세를 바로 하는 애슬리.

가만히 지켜보며 태연자약하게 웃는 남자.

딱히 대단한 재주를 부렸다는 자각도 없는 듯하다.

다만 애슬리의 경계심은 이미 최고조로 강해졌다.

이 남자는 눈 깜짝할 새에 자신과 거리를 좁힌 뒤 손을 낚아챘었다.

정말 눈 깜짝할 사이였다.

탄환을 쏜 순간, 남자는 눈앞에 나타났다.

그리고 곧장 팔을 붙잡혔다.

"너는, 도대체—."

"응? 나?"

능청 부리며 팔을 벌린다.

"나는 카이세이라는 사람이야. 여긴 망령을 만나러 왔을 뿐이고, 싸움에는 흥미가 없어."

갑자기 나타난 남자.

가늘고 긴 체형은 멀쑥하고, 헐렁거리는 담청색 옷을 입었다.

그리고 여자처럼 뒤로 묶은 긴 머리카락과 선이 가늘고 고와서 중성적인 용모는 보편적인 관점의 아름다운 조형미가 느껴졌다. 다만 이 같은 기이한 외모도.

"망령……?"

막 꺼낸 발언의 내용 때문에 인상이 흐릿해졌다.

"그래, 망령. 몰라?"

아무렇지도 않게 묻는다.

하지만 애슬리는 마냥 차분할 수 없었다.

저자는 틀림없이 침입자니까.

즉각 배제해야 하는 존재다.

남자— 카이세이라고 이름을 밝힌 인물이 날려버렸던 자신의 권총을 본다. 몇 미터 너머에 떨어져 있는 권총을 어떻게든 가서 주울 수 없을까 계산해봐도 시간이 2초는 걸린다.

저 남자는 마도사다.

게다가 상당한 실력자였다.

나른하다는 듯이 흐물흐물 경솔한 분위기가 풍겨도 실력은 족히 가늠할 수 있었다.

—섣불리 움직였다가는 살해당한다.

"그래. 음. 있잖아, 너무 경계하지 마."

애슬리의 목적을 알아차리고 말을 건넨다.

시선을 바닥의 권총으로 향했던 것은 이미 간파당했다.

"나는 망령을 만나러 왔을 뿐이라 누군가와 싸운다거나 무엇을 훔치려는 생각은 없거든. 그 증거로 표현은 조금 안 좋은데, 이렇게 넌 아직 살아 있잖아?"

그 말의 숨겨진 의미를 생각해본다.

요컨대 저 말은 남자가 자신을 죽일 작정이었다면 손쉽게 해치울 수 있다고—.

넌지시 겁주는 말이었다.

"그래서 망령 말인데, 알아?"

"망령이라니……."

정말이다.

당연하다는 듯이 묻는데, 망령은 대체 무엇인가.

평범하게 생각하자면 죽은 인간의 혼이— 형체를 이뤄 나타난 존재일 테지.

그러나 애슬리에게 이미 사망한 지인이 있을 리 없었다.

"어, 아니야. 망령은 유령하고 달라. 내가 만든 시스템의 하나인데, 어엿하게 실체가 있는 존재야. 그 녀석들은 평범한 인간과 같은 외형을 가졌어."

"……뭐?"

더욱 알 수가 없다.

아까부터 무슨 소리를 하는 것일까, 이 남자는.

애슬리는 의아해하며 새삼 남자를 살펴본다.

수상쩍은 인간을 바라보는 듯한 시선을 깨달은 카이세이는 말했다.

"으음. 모르는 건가."

카이세이는 발길을 되돌렸다.

이쪽에 등을 돌린 모습은 무방비하다.

그러나, 그럼에도— 애슬리는 총을 줍고자 달릴 수 없었다.

"딱히 난 급해서 온 건 아니야. 가능하면 잠깐 만나고 싶었을 뿐이고 기본적으로 망령은 자유롭게 행동할 수 있게 놔두자는 방침이거든. 그럼 조금만 설명해줄게."

카이세이는 첨인형이 있는 곳으로 돌아가서 동체 부분에 슬쩍 걸터앉았다.

후유, 힘을 빼낸다.

그 모습은 강하게 내리비치는 달빛의 도움을 받아 신비하게 보이기까지 했다.

"망령은 평범한 마도사들 중 강력한 인간만이 될 수 있는 특수한 존재야."

"……뭐?"

카이세이는 말을 이었다.

"기본적인 역할은 전쟁의 불길을 크게 퍼뜨리는 것, 그리고 전투의 질을 올리는 것— 다만 특별히 뭔가 시키지는 않는 경우가 대부분이고 다들 자유롭게 싸우고 있어. 이런 존재들이 군부 안에도 좀 있지. 어쩌면 너도 만난 경험이 있을지도 몰라."

"없는 것 같은데."

"외형은 평범한 인간이니까."

적지에 들어와 있는 사람 같지가 않은 침착한 목소리로 말한다.

다만 내용은 의미 불명이었다.

카이세이가 말하기를— 이 세상에는 『망령』이라는 존재가 있다고 한다.

또한 망령들은 전장 안에서 살며 전쟁을 되풀이하고 있다고 한다.

"뭐, 평범한 인간한테 전쟁을 격화시키는 『망령』은 폐해에 불과하지. 무사하게 살았을 인간이 더 많이 죽는 데다가 도시도 괜히 더 많이 사라지니까. 그만큼 뛰어나고 전쟁터에서 활약하는 데 특화된 거야. 그런 녀석들이 있어."

"……."

"유령이 아냐. 정말로 살아 있는 녀석들이야."

이 시점에서.

애슐리는 말의 대부분을 제대로 듣지 못하고 있었다.

전쟁을 격화시키는 존재란 대체 무엇인가. 구체적인 이미지가 떠오르지 않는다.

먼 나라의 신화를 듣는 기분이었다.

"그런데 요즘 상황이 좀 달라졌거든."

카이세이는 입을 열었다.

"망령 중 하나였던 킬리리스를 시작으로 조금씩 망령의 수가 줄어들고 있어."

"앗!"

"<ruby>갑혁족<rt>트라카셀</rt></ruby>(甲赫族) 킬리리스, <ruby>암황족<rt>우드</rt></ruby>(巖皇族) 알렉, 조금 이상한 곳에서는 <ruby>수정족<rt>아키랄</rt></ruby>(水精族) 데드림. 모두 다 걸물이었는데, 지난 몇 개월 사이에 사라졌어. 너무 아쉬워."

카이세이는 줄줄이 말을 꺼낸다.

다만 애슬리에게 이야기의 내용은 아무래도 좋았다.

정신이 쏠린 부분은 단 하나.

저 남자가 분명 「킬리리스」— 자신의 부모님과 태어나고 자란 고향을 불살랐던 소녀의 이름을 말했을을 때다.

영문을 알 수가 없다.

어째서 이 남자의 입에서 느닷없이 저 이름이 나온 것일까.

카이세이는 눈치 빠르게 애슬리의 동요를 알아차렸다.

"들어본 이름이라도 있나 봐?"

"아, 그……."

"그럼 너도 꽤 희한한 거야."

"뭐가……."

"기억할 리 없는 이름이니까."

카이세이는 말한다.

기억할 리 없는 이름이라고.

방금 전 나열했던 인물의 이름을 아는 사람은 있을 리 없다고.

"대충 분위기를 보니 아는 이름은 킬리리스겠네."

"……."

"대답 안 해주게? 뭐, 괜찮아."

그래도, 라며 카이세이는 말을 이었다.

"분명 킬리리스라는 존재는 소멸됐어. 그러니까 이 세계에서 그 적색의 소녀의 이름을 아는 인간은 정말 소수야. 없어진 사람 취급이니까."

"없어지다니?"

"지워진 거야, 그 애는."

두근두근, 심장이 뛴다.

—지워졌다.

그 말을 들은 순간부터 손이 떨렸다.

다른 누가 아니라 직접 킬리리스를 쏘아 죽였던 애슬리의 오른팔이.

'도대체 뭐야, 이 녀석—.'

당황스럽다.

느닷없이 나타난 야윈 남자가 자신은 이제껏 알지 못했던 핵심을 줄줄 이야기한다.

설마 킬리리스의 이름을 다른 누군가의 입에서 듣게 될 줄은 생각하지 못했다.

무심결에 오른쪽 주머니를 옷 위로 움켜잡았다.

그곳에는 킬리리스의 이름이 각인된 『은색의 탄환』이 들어 있다.

이 세상 모든 곳에서 사라져버린 적색의 소녀가 한때는 분명 존재했었다는 유일한 증거이자, 동시에 애슬리가 떠안고 있는 고민의 대부분이기도 했다.

애슬리는 주머니에 손을 넣었다.

그곳을 손가락으로 더듬어서 감촉을 확인한다.

그러나— 그때였다.

"이런."

"앗!"

카이세이의 손에서 탄환이 발사됐다.

위협 삼아서 발 근처에 날린 사격이었지만, 애슬리는 얼떨결에 손에서 탄피를 떨어뜨렸다.

굴러떨어지는 탄피를 카이세이가 주워 든다.

그리고 목격한다.

그곳에 각인된 「킬리리스」의 이름과 탄피의 색깔— 「은색」을.

"—아핫."

이어서 웃는다.

"아하하하하하하! 그랬구나!"

납득했다는 듯이 카이세이는 고개를 끄덕였다.

"이런 곳에서 만난 게 무슨 운명인가 생각했는데. 아핫, 그랬구나. 넌 그런 역할을 맡을 인간이었어. 정말 세상은 신기하다니까. 단순히 우연과 확률에 불과하다는 건 물론 알지만, 이 세상에 신이 있다는 생각까지 들어."

뭐, 신이 있어도 군신이겠지만— 남자는 말을 이었다.

남자는 무엇인가를 납득한 모습이었다.

다만 애슬리는 달랐다.

상대가 혼자 웃을 뿐이다.

이 남자가 자신과의 만남에서 무엇을 알았고, 무엇을 깨달았고, 그리고 무슨 해답을 얻었는지 전혀 도무지 짐작할 수 없었다.

"너, 아까부터 무슨 소리를……."

"에어 알란드 노아."

"……!"

"아는 이름이겠지? 너와 같은 학교에 다니는 작은 소녀야."

애슬리는 대답하지 않았다.

반응하지 않았다.

하지만 이 같은 행동은 질문에 대한 긍정이나 다름없었다.

곧이어 남자가 말했다.

마치 아무런 일도 아니라는 분위기로.

무척이나 가벼운 어조를 거두지 않은 채.

"그 아이도 망령이야."

숲의 정적은 귀가 의심하도록 허락하지 않는다.

"보유하고 있는 신성은 『소멸』— 쏘아 죽인 상대의 존재, 공적, 이때까지 보내온 삶 전부를 지워 없애는 『악마의 탄환』이 그 아이의 무기이자 네가 가지고 있는 은색의 탄피야."

이해하는 데—.

"악마의 탄환은 강력하지."

—시간이 조금 걸렸다.

"어쨌든 쏜 상대의 모든 것이 사라져버리니까. 기억하는 몇몇은 악마의 탄환을 쓴 경험이 있는 인간뿐이고 증거는 남지 않아. 자기한테 불리하게 작용하는 인간을 없애도 누구 하나 기억하지 못한 채 세상은 새롭게 거듭나지. 남용하면 다른 것과 비견할 수 없는 병기야."

"자, 잠깐 기다려."

애슐리는 제지했다.

이야기가 너무 빠르다.

"뭐야…… 뭐야, 갑자기. 그 아이가, 에어가 망령이란 게 무슨 소리야?"

"말 그대로인데? 그 아이는 100년 전에 이미 죽은 사람이야."

"죽은 사람이라니……."

그럴 리 없다.

애슐리는 아까 목욕탕에서 에어의 몸을 만졌다.

틀림없는 진짜 인간의 육신이었다.

다른 사람에게 보여주지 못할 상처도 꽤 많았지만, 에어는 분명하게 존재하는 인간이었다.

"그야 그랬겠지. 그 아이는 타인의 몸을 재료로 써서 혼을 옮겨 다니니까. 육체의 유무 따위야 사소한 문제에 지나지 않아. 중요한 것은 확고한 혼이고 나 또한 누구의 육체를 쓰든 얼마나 부서뜨리든 망령답게 제대로 싸워주면 상관없거든."

카이세이는 가볍게 웃었다.

저 표정은 애슬리와 만난 의미를 이해해서 고양된 것처럼 보였다.

"망령은 전쟁이 존재 이유야."

애슬리가 당황해도 카이세이는 아랑곳하지 않는다.

자기 마음대로 이야기를 이어 나간다.

다만 애슬리는 상대가 꺼내는 말 하나하나가 중대한 비밀덩어리임을 직감으로 이해할 수 있었다.

한 마디도 흘려듣지 않았다.

이 남자는 다시 설명을 요청해도 결코 대답해주지 않을 것이다.

지금 나누는 대화 전부가 앞으로 자신의 앞길을 바꾸는 정보가 될 것이다.

"그러니까 망령들은 계속 전쟁을 격화시키고, 싸움을 좋아하며 살아가줘야 하거든. 그런데 망령 에어가 가지고 있는 탄환은 골칫거리야. 망령에게 쓰면 이제껏 쌓은 시간의 의미가 사라지잖아. 아마 지금까지는 망령에게 쓴 적이 없었는데, 이번에는 아예 탄환에 특화된 방법으로 써먹고 있어."

"어떻게, 대체 어떻게……."

알고 있는가.

그렇게 묻고 싶어졌다.

하지만 퍼뜩 놀라서 입을 다문다.

애슬리는 깨달았다.

—이 남자의 발언에는 무엇 하나 신빙성이 없다.

그런데도 저 남자의 말을「진실」로 받아들이고 있었다.

아니— 틀림없는 진실임을 이해할 수 있었다. 감성이나 주변 분위기에서 느껴지는 불확실한 요소와는 관계없었다. 이제껏 겪은「불가사의했던 현상」다수에 해답이 되기 때문이었다.

에어 알란드 노아.

그 아이의 출현은 너무 갑작스러웠다.

또한 그 아이는 학교에 모습을 보인 당일부터 레인과 모종의 관계를 갖고 있었다.

처음에는 레인과 예전부터 아는 사이라고 믿었다.

그런데— 어떠한가.

가령 카이세이의 발언이 진짜라면 부자연스러움이 납득 가지 않는가?

이미 절명했던 인간이 모종의 수단으로 되살아났다면 최소한의 신분 증명은 필요할 테고, 따라서 에어는 전쟁터와 가깝게 지낼 수 있는 사관생도가 되어 사회에 숨어들었다.

그리고 줄곧 싸워왔다.

『망령』이라는 정체를 숨긴 채 전장에서.

쏜 상대의 존재를 지워 없앤다는 악마의 탄환을 써서—.

다만 도중에 돌발 사고가 일어났다.

그것은 애슬리 매거멧이라는 자신의 존재다.

우연히 손에 넣었던 「악마의 탄환」 때문에 자신도 에어와 마찬가지로 세계의 개변을 인식할 수 있게 되었다. 아마 에어의 입장에서는 용납할 수 없는 사태이며, 절대 숨겨야 하는 비밀이었겠지.

이러한 이유 때문에 에어는 과민하게 반응했다.

떠올리는 것은 얼마 전 목욕탕에서 겪었던 대치.

단지 막연하게 「레인과 무엇을 하고 있는가」라고 물어봤을 뿐인데, 에어는 총을 뽑는 동작과 함께 명확하게 살기를 쏟아냈었다. 결국 그건 악마의 탄환의 비밀을 지키려는 방어 자세였구나.

그런데—.

그런데 어떻게 하지?

만약 「악마의 탄환」이 진짜라면—.

은색의 소녀 에어가 정녕 망령이라는 존재라면—.

"한 가지 가르쳐줄게."

"……!"

사고에 끼어드는 카이세이의 말.

"망령은 전쟁의 불길을 퍼뜨리는 존재야. 기본적으로 망령

끼리 충돌하면 반드시 수많은 사망자가 생겨나지. 네가 지웠던 킬리리스도 마찬가지야. 같은 망령인 에어와 맞부딪침으로써 레미노스라는 도시가 불타 사라졌어."

"……아."

레미노스.

그곳은 자신이 태어나고 자란 고향이자 동시에 킬리리스가 부모님을 불살라 죽인 장소였다. 이름을 들을 때마다 눈앞이 새빨개지는 감각에 휩싸인다— 그만큼 애슬리에게 레미노스라는 곳은 자신의 행동 원리이며 마음 근간에 있는 뿌리와 마찬가지였다.

원한이 들끓는다.

억제하고 싶어도 표정이 자꾸 일그러진다.

카이세이는 눈치 빠르게 알아차렸다.

"응? 왜 그래?"

"그곳은…… 내가 태어난 고향이야."

"흠, 레미노스 말이지? 그것도 겹치는구나. 아하, 그러면 너한테는 이유가 있네."

"이유?"

"망령을 증오하는 마음."

"어째서, 내가 왜."

—증오라니.

그렇게 되묻고 싶었지만.

"원망하지 않는 게 오히려 이상하잖아."

카이세이는 고개를 흔들었다.

"그 도시는 두 망령의 싸움에 휘말려서 안 좋은 결말을 맞이했거든. 딱히 전쟁터가 될 만한 장소도 아니었어. 분명 망령의 싸움에 휘말린다면 전장에서 일어나는 재해 비슷한 사태니까 운이 나빴다는 말밖에 못 하겠지만, 어쨌든 악질이라는 건 똑같지."

"……."

증오.

카이세이가 서슴없이 꺼낸 단순한 말.

하지만 저 말은 애슐리의 마음속에서 결코 사라지지 않는 분노와 업화를 나타내는 단어.

또한 자신의 고향이 불탄 이유가 『두 망령』의 싸움 때문이었다는 설명을 듣고 애슐리의 마음속에서 새롭게 열기를 띠기 시작한 것은 이제껏 무의식중에 억제했던 감정이었다.

두 망령의 싸움.

즉 망령은 그때, 그 도시에— 두 명이 있었다.

한 사람은 도시를 불사른 장본인, 망령 킬리리스.

그리고 다른 한 사람은—「망령 에어」라고 카이세이는 말했다.

수수께끼투성이 소녀, 에어.

그 아이가 아니었다면 도시는 불타지 않았을 테고, 부모님도 무사히 살아 있을 수 있었다.

—카이세이의 말은 이러한 뜻이었다.

'—으읍.'

동시에 애슬리에게서 터져 나오는 것은 터무니없이 시커먼 불꽃이었다.

킬리리스를 향한 분노보다는 훨씬 작아도 지금 막 새로 생겨난 불꽃은 이제껏 짧지 않은 시간을 함께 보냈던 전우— 에어라는 소녀를 대상으로 들끓는 감정이었다.

그 아이가 없었더라면—.

존재하지 않았더라면.

악마의 탄환이라는 힘을 가지고 있지만 않았더라면—.

—부모님은 죽지 않았을 텐데.

"굉장한 표정이야."

카이세이가 웃는다.

제어가 되지 않았다.

스스로도 지금 표정은 거울을 보기 싫도록 일그러졌을 테지.

"뭐, 됐어."

카이세이는 몸을 일으켰다.

앉아서 나눌 이야기는 다 끝났다는 듯이.

"중요한 건 이제부터지. 좀 늦었는데, 너는 이름이 뭐야?"

"……애슬리."

"그래. 애슬리."

거짓말로 답할 필요는 없다.

애슬리는 질문에 숨김없이 답했고, 카이세이도 바로 대답했다.

"이대로 나를 따라오지 않을래?"

"—뭐?"

"아, 딱히 특별한 관계가 되자는 말은 아니야. 순수한 스카우트지. 넌 단순하게 싸울 이유만 있는 사람이 아니거든. 특히 망령을 상대할 때 큰 강점을 보유한 인물은 의외로 적어. 망령의 비밀을 알게 된 사람은 대부분 즉시 살해당하니까."

카이세이는 웃으며 말했다.

다만 애슐리는 답하지 않는다.

당연했다.

카이세이의 말은 결국에 영입이 아닌 「탈영」 제안이었기 때문이다. 즉, 애슐리에게 이제껏 쌓아 올렸던 지위와 경력을 모조리 버리라고 말한 셈이다.

게다가 이유는 단 하나.

—망령이 증오스럽지? 복수하고 싶지?

"……."

피식 웃어넘겨야 할 소리다.

학생 신분이어도 임무 중 탈영은 사형이 기본이다.

하지만 애슐리는 침묵했다.

"……."

"바로 거절은 안 하는구나. 좋아. 뭐, 지금은 괜찮아."

말을 마치는 동시에 카이세이는 손에 들고 있었던 권총을 휙 집어 던졌다.

애슐리의 발밑으로 굴러온다.

아마 서방국에도 동방국에도 없는 형식의 권총이었다.

"무슨 짓이야."

"줄게. 혹시 모르니까. 또 나와 만나기 위한 수단이야."

"……필요 없어."

"혹시 모른다니까? 어떤 경우든 대비해서 나쁠 게 없어. 정말로 필요없다면 네가 알아서 버려."

하나 더 가르쳐줄게, 카이세이는 말을 이었다.

그것은 이 뜻밖의 만남을 마무리 짓는 말이었다.

"서방군은 며칠 뒤 동방국의 수도를 공격할 거야."

"……!"

"수도 결전이지. 드디어 제4차 공방전이 결말을 맞이하는 거야. 그리고 애슬리, 그때 네가 어디에 소속되어 있을진 아직 모르겠지만."

—가능하면 나와 같은 편이 되어주기를 바랄게.

그렇게 말한 뒤.

"안녕. 조만간 또 보자."

카이세이는 엑세리아에 탑승했다.

미세한 기동음과 함께 엔진이 구동되는 소리만이 고요한 숲속에 울려 퍼졌다.

카이세이가 탄 엑세리아는 천천히 이동해서 나무 틈 사이 저 너머로 사라졌다.

애슬리는 쫓아갈 수 없었다.

다만, 손에는 카이세이에게 넘겨받은 권총만이 쥐여 있었다.

애슬리는 자리에서 벗어나 레인이 있는 곳으로 돌아갔다.

하지만 나올 때까지 차분했었던 정신 상태는 몹시 어지러웠다.

머릿속에서 카이세이의 말이 빙글빙글 돌아다녔다.

불과 몇 분의 대화.

시간을 헤아리면 5분도 지나지 않은 찰나와 같은 순간.

그럼에도 나올 때와 돌아올 때가 마치 다른 세계처럼 느껴졌다.

'에어가— 망령이라고?'

망령.

강대한 힘을 남용하여 전장을 마구 휘젓고 다닌다는 이형의 존재.

은색의 소녀— 에어의 정체는 망령이라고 했다.

믿고 싶지 않았다.

이성이 자꾸 거부한다.

하지만 이미 확인된 증거를 떠올리면 카이세이의 말을 부정할 수 없었다.

왜냐하면 애슬리의 손에 물증이 있으니까.

「은색의 탄환」— 상황 증거뿐만이 아니라 결코 눈가림이 통하지 않는 물건이 자기 손에 온전히 남아 있으니까. 이 물증이 있는 한 자기 주변에 이처럼 무시무시한 탄환을 쓰는 존재가 정말 실재한다는 사실도 확정되어버린다.

그리고 그 망령은 누구인가.

아무리 생각해봐도 현재 시점에 나오는 답은 어디까지나 가능성에 불과하다.

그렇다 해도— 9할은 거의 틀림없었다.

은발의 소녀 에어는— 망령이다.

'—아!'

생각한 순간, 애슬리의 몸에 강렬한 열이 치달렸다.

절대 착각할 수 없는 분노와 원한이 소용돌이치는 감정이었다. 불타 허물어지는 고향의 풍경과 부모님이 모습이 머릿속에서 수없이 맴돌기 시작했다. 수습하고 싶어도 전혀 자제가 되지 않는다. 그것은 이미 애슬리 매거멧이라는 소녀의 혼에 깊숙이 뿌리를 내린 원초의 광경으로 자리 잡았다.

소녀 에어.

그 아이에게 이미 동기생이라는 감정은 없다.

두 망령의 싸움에 휘말렸던 결과, 자신은 모든 것을 잃어버렸다.

남은 것은— 깊은 분노뿐.

또한 에어에 대해 생각을 하면 할수록 결국 피할 수 없는 문제가 나타난다.

한 사람.

'레인—.'

오래 함께한 소년.

아레스트라 교도원에 다니는 애슬리의 친구이자 같은 조로 함께 임무를 맡는 소년의 이름이다.

레인은 에어와 모종의 관계가 있다.

에어가 학원에 왔을 때부터 주위 사람들 몰래 무엇인가 하고 다닌다는 것은 어렴풋이 짐작했었다. 지금까지는 두 사람의 행동에 대해 애슬리도 애매한 예측밖에 못 하는 입장이었다.

다만 카이세이의 말 때문에 모든 것이 달라졌다.

예측이 이루어졌다.

가설이 성립된다.

레인은— 망령 에어의 협력자일 수 있다는 가설이.

'아……! 안 돼, 생각하지 마.'

더 이상 생각하는 것은 공포였다.

몸이 본능적으로 떨린다.

부들부들, 육체가 뼛속까지 떨리기 시작한다.

잘 이해하고 있기 때문이었다.

저 가설을 인정하면 끝이라는 것을.

레인이— 적이 되어버린다는 것을.

대상이 되어버린다.

자신의— 복수 대상이.

'그건, 안 돼……!'

이성이 자꾸 거부한다.

싫다.

레인을 쏘기는 싫다. 절대로 싫다.

다만 사고란 본래 의지에 따라 억제될 만큼 연약한 기능이 아니었다.

만약— 만약에, 정말이라면.

자신의 모든 것을 빼앗아 간 망령…… 그런 존재와 레인이 정말 협력하고 있다면.

'나는…….'

이 시커먼 감정을 쏟아 낼 것이다.

그것은 성질로 말하자면 망령 킬리리스를 쏘아 죽였을 때와 동일한 종류— 사람을 죽여서는 안된다는 의식을 쉽게 덧칠할 만큼 거대한 분노와 냉혹함이었다.

'아니야— 안돼.'

애슬리는 머리를 흔들었다.

사고가 폭주하고 있다.

자각한 뒤 애써 마음을 달랬다.

다시 침착하게, 다시 한 번 생각해봤다.

—분명 에어의 경우에는 물증이 있다.

그 아이가 망령이라는 것은 아마도 확정 사항이다.

다만 레인은 경우가 조금 달랐다.

무엇 하나도 물증이 없는 데다가, 애당초 레인에게는 망령과 협력할 이유도 없다.

침착해지자 어떤 사실을 깨달을 수 있었다.

분명 레인은 에어와 어떤 비밀을 공유하는 것 같다.

다만 그렇다 해도 두 사람이 대등한 관계는 아닐 가능성 또한 충분히 있다.

만약 레인이 명령을 받아 협력을 강제당하고 있는 처지라면—.

'맞아…….'

충분히 높은 가능성이다.

에어가 악마의 탄환에 대해서 가르쳐주지도 않은 채 레인을 속여 이용하고 있을 상황도 충분히 고려할 만한 경우였다. 레인에게는 자유 의지가 없고, 에어가 요구하는 대로 싫어도 따라야 하는 처지— 그렇다면 레인은 복수의 감정을 쏟아 낼 대상이 아니게 된다.

오히려 구해주고 싶은 마음마저 든다.

망령의 지배에서 풀어주기 위하여 온갖 수단을 강구할 테지.

다만— 만약에.

만약 레인이 스스로 망령 에어에게 가담했다면.

더구나 인간을 지워 없애는「악마의 탄환」을 쓰는 인물이었다면—.

'……안돼, 생각만 해서는 몰라.'

가설에도 한계가 있다.

모든 상황을 가정할 수 있다.

그리고 사고가 이 정도까지 왔다면, 이제 확인하는 것밖에 수단이 남지 않았다.

확인하자—.

레인은 에어의 협력자가 아니라는— 사실을.

'……레인.'

애슐리는 원래 위치로 돌아왔다.

카이세이와 만났던 숲 안쪽, 그곳에서 곧장 걸어오던 중 생각도 많았던 탓에 꽤 빨리 도착한 느낌이었다.

이곳을 벗어나있던 시간은 불과 몇 분밖에 안 된다.

보이는 광경도 딱히 달라지지 않았다.

살짝 트인 이 장소에는 엑세리아가 변함없이 자리하고 있었다.

물론, 좌석에 흑발의 소년을 태운 채.

바람막이 안쪽으로 옆얼굴이 보인다.

아무래도— 레인은 완전히 잠든 것 같았다.

'……'

애슐리는 발소리를 죽였다.

지면을 밟아 디디는 소리가 울리지 않도록 제자리에서 신발을 벗어 맨발로 천천히 엑세리아에 가까이 다가간다.

그리고 세심하게 주의를 기울여서 소리가 나지 않도록 애슐리는 기체 조종석에 탑승했다.

레인은 깨어나지 않는다.

새근새근 소리를 내며 조용하게 잠들어 있다.

낮부터 전투가 이어졌던 데다가 이번 경계 임무는 취침 중 갑자기 출동해야 했다.

축척된 피로는 경계심이 강한 소년에게도 깊은 수면을 불러

왔다.

애슬리는 시선을 내린다.

그곳에는 레인의 허리에 장착된 권총이 있었다.

레인이 애용하는 총이다.

전장에서 항상 가지고 다니는 리볼버가 틀림없었다.

'…….'

애슬리는 믿고 싶었다.

눈앞에 있는 소년은 결백하다는 것을.

설령 에어와 비밀을 공유하는 관계일지언정, 전쟁의 불길을 널리 퍼뜨리는 존재와 스스로 적극 협력하는 것은 아니라고 조건 없이 믿고 싶었다.

다만 냉정하게 판단도 할 수 있었다.

이런 마음은 단순한 희망에 불과하며, 『만약』을 대비해야 하는 공포를 못 이기는 자신의 약한 마음이 만들어 내는 환상이라는 것을.

따라서—.

'내가…….'

내가 직접 확인해야 한다.

지금 증명해야 한다.

레인은 결코 망령이라는 존재에게 가담할 만한 인물이 아니라는 것— 쏘아 죽인 인간의 존재와 공적을 지워 없앤다는 악마의 탄환 따위를 쓰지 않는다는 것을.

애슬리는 손을 뻗었다.

레인의 허리에 달린 권총집까지는 금방이었다.

살짝만 몸을 내밀면 쉽게 오른손이 닿았다.

'……'

각오를 다졌다.

권총을 뽑기 위해서 권총집의 고정쇠에 손을 가져가 집게손가락만 움직여 해제했다.

순간, 딱 소리가 울렸다.

예상보다 크게 울리는 소리였다.

흠칫 놀라며 레인의 얼굴을 들여다본다.

눈꺼풀이 살짝만 움직인 것 같았다.

다만 반응을 조금 나타냈을 뿐 깨어나지는 않았다.

'—괜찮아.'

허둥지둥할 필요는 없다.

애슬리는 권총 손잡이를 손가락으로 잡아 권총집에서 뽑았다. 천천히 뽑아냈기에 소리도 진동도 발생하지 않았다. 권총은 스르르 뽑혀서 애슬리의 손에 쥐여졌다.

마음속으로 숨을 뱉는다.

뽑는 데 성공했다.

남은 것은 이 안에 들어 있는 탄환을 확인하는 과정뿐—이 안에 들어 있는 탄환이 평범한 탄환이기만 해도 자신은 레인을 믿을 수 있다.

망령에게 어떠한 힘도 보태지 않았다고.

악마의 탄환이라는 끔찍한 병기를 써서 싸우지 않았다고.

그 사실을 확인하기 위해, 애슬리는 레인의 리볼버에 손을 가져갔다.

"뭐하는 거냐."

그때였다.

애슬리는 목을 세차게 붙잡혔다. 곧이어 바이스로 조이는 듯한 압박이 느껴졌다.

"꺄, 앗!"

누구인지는 확인할 필요도 없다.

목을 조른 사람은 레인이었다.

"……애슬, 리?"

또한 그제야 레인은 자기가 잡아 든 인물이 애슬리임을 깨달은 것 같았다. 아마도 권총을 뽑아 간 사람을 반사적으로 공격했나보다.

마주 보는 자세이기에 얼굴이 서로 잘 보였다.

레인은 살짝 잠에 취했지만, 그럼에도 자신의 얼굴을 정확하게 인식하고 있다.

목을 조른 대상이 동기 애슬리라는 것을.

하지만.

"애슬리. 총을 돌려줘."

레인은— 손을 놓아주지 않았다.

단지 반사적으로 공격했었다면 「이런, 애슬리였나. 미안하다」라고 말하며 손을 놓아주고 웃었을 텐데 아니었다. 손의 악력은 변함없이 강했다.

—언제든 목 졸라 죽일 수 있도록.

어쩌면 당연한 행동이겠다.

레인에게는 애슬리의 손에 쥐여진 자신의 리볼버가 똑똑히 보이고 있는 상황이니까.

"내 권총이야. 빨리 돌려줘."

기체 안에서 예리하게 긴장이 치달린다.

—살기.

애슬리는 분명하게 느꼈다.

레인은 반대편 손을 뻗어서 권총을 회수하려고 한다.

하지만.

"어, 어째서……?"

"이유는 됐어. 당장 내놔."

"……."

애슬리는 손에 쥔 권총을 돌려주지 않았다.

여전히 목을 거머쥐고 있는 레인의 힘은 강하다.

아울러.

"군소리 말고— 제길, 아무튼 가져간다."

레인은 강경책을 선택해서 애슬리의 오른쪽 손목을 붙잡았다.

그때—.

'—아!'

애슬리는 움직였다.

레인의 손을 흔들어 푸는 동시에 권총을 기체 가장자리로 있는 힘껏 내동댕이쳤다.

권총에 충격이 가해진다.

때려 부수는 듯한 충격 때문에 탄창 부분이 망가져서 내용물이 흩어진다.

또한 그 내용물은.

'—아, 안돼.'

—『은빛의 탄환』.

명백하게 다른 탄환과 달랐다.

이형의 은색 탄환이 달빛을 어지럽게 반사한다.

"—아아아아아아아아아아아악!"

애슬리의 비명이 울려 퍼졌다.

가장 보고 싶지 않았던 광경을 본 까닭이었다.

레인의 탄창에서 나온 은색의 탄환은 달리 착각할 여지가 없을 만큼 독특한 모양이었다.

절대 변명할 수 없다.

어떤 변명, 이제는 무의미하다.

레인은— 망령에게 힘을 보태고 있다.

가설이 확정되었다.

게다가 소극적인 형태도 아니었다.

사람을 지워 없애는 병기를 전선에서 사용한다는 것을, 저 권총이 증명해준다.

"아, 아아……."

투둑투둑, 은빛의 탄환이 떨어진다.

떨어지며 잔혹한 사실을 선고했다.

이 소년은— 자신의 복수 대상에 속한 인물이라고.

“아, 아아아아…….”

애슐리는 몹시 격하게 동요했다.

그저 아연실색하며 지금 본 광경에 놀라 레인의 손을 뿌리치고 감정이 시키는 대로 기체에서 뛰쳐나갔다.

“애슐리!”

레인이 제지해도 듣지 않고 애슐리는 달렸다.

그저 눈앞의 현실에서 도망치기 위하여, 공포를 떨쳐 내기 위하여 제대로 빛도 비치지 않는 숲속으로 도망쳐 들어간 뒤 결국 끝끝내 원래 장소로 돌아오지 않았다.

소멸의 힘을 보유하는 탄환— 그것을 본 애슐리는 그저 도망쳤다.

또한 이 사건은 한 가지 결과를 남겼다.

애슐리 매거멧은 임무를 방기하고 도주했다.

명백하게 사형에 해당하는 행위이며, 이 순간부터 소녀는 『탈영병』이 되었다.

5. 겁화

어딘가 먼 곳에 있는 기분이었다.

레인은 아직 어찌 된 영문인지 정확하게 파악할 수 없었다.

"애슬리!"

살짝 눈 붙였던 것은 딱히 방심해서가 아니라 필요한 휴식의 일환이었다.

그런데 조금은 깊이 잠들었던 상태에서 깨어났을 때 눈앞에 보였던 것은 자신의 권총을 꺼내 가려고 하는 인간이었고, 그래서 반사적으로 공격을 가했다.

권총에는 악마의 탄환이라는 중대한 비밀이 들어 있다.

죽일 작정으로 목을 움켜잡았다.

다만 상대의 정체가 동기 애슬리였음을— 어떻게 예상할 수 있었을까.

"이 녀석, 어디 간 거야……!"

숲속 깊숙이 도망쳐서 사라진 애슬리.

너무나 갑작스러웠기에 완전히 놓쳐버렸다.

"제기랄……!"

남은 것은 엑세리아 한 기.

레인도 단순 운전이라면 간신히 가능하지만, 이토록 어두운 숲속에서 달려 도망친 인물을 쫓아가는 것은 어떻게 생각해도 무리였다.

게다가 알지 못한다.

애슬리가 어째서 도망쳤는지.

분명 자신은 살기를 담아 애슬리의 목을 잡았다.

비록 뜻밖의 사태였겠지만, 정신없이 비명 지르고 도망치는 행동은 도저히 납득이 되지 않는다. 애슬리도 군인인 이상 친구가 상대일지라도 무기를 가져가려고 하는 것의 의미는 알았을 텐데.

도망친 이유는 폭력 행위 때문이 아닐 것이다.

다른 문제가 있었기에 애슬리는 도망쳤을 것이다.

또한 애슬리가 정신을 놓다시피 한 이유를 짐작해보자면 딱 하나밖에 없었다.

지금도 바닥에 굴러다니고 있는— 은색의 탄환.

'애슬리는, 이 탄환을 봤기 때문에……?'

그래서 정신없이 도망쳐 사라졌다고?

다만 이 탄환은 겉면의 색깔 이외에는 평범한 물건과 아무 차이점이 없었다. 만약 이 탄환을 보고 무엇인가 특별히 다른 물건임을 알아보는 인간이 있다면 악마의 탄환을 아는 부류 이외에는—.

'큭, 설마—.'

짚이는 바가 있었다.

그렇다.

이 탄환을 보고 「평범하지 않다」라고 깨달을 수 있는 부류.

즉 이 탄환이 「악마의 탄환」임을 알고 있는 인물이다.
또한 현 상황에서 이 탄환의 정체를 알고 있는 인물은 분명 자신과 에어뿐일 텐데—.
'어째서, 애슬리가?'
알고 있단 말인가.
이것이 특별한 탄환임을.
또한 어째서 격렬하게 동요하면서 도망쳐 사라졌는가.
단순하게 생각하면 답은 하나다.
애슬리는 분명히 알고 있었다.
이 은색의 탄환이— 악마의 힘을 보유한 병기라는 것을.
"큭, 어떻게 하지—."
고민한다.
도망쳐 사라진 애슬리를 수색할 만한 방법은 전혀 존재하지 않았다.
그러나 절대 이대로 가만히 놓아둘 수는 없었다.
이 탄환의 비밀은 결코 타인에게 새어 나가서는 안된다. 인간을 지워 없애는 파격적인 능력을 갖춘 이 무기는 전쟁을 멈추고자 하는 레인의 가장 강력하고, 유일한 비책이다.
어떤 무엇과 바꿔서라도 지켜야 하는 비밀이다.
어떻게든 애슬리를 찾아낼 방법은 없을까.
거기까지 생각을 떠올렸을 때.
'……어떻게 하지.'
레인은 불현듯 깨달았다.

—애슬리를 붙잡아서 자신은 대체 어떻게 할 작정인가?

아무에게도 말하지 말아달라고 부탁할 건가?

아니면 우리와 함께 싸워달라며 제안을 할 건가?

—멍청한 소리.

악마의 탄환과 관련된 비밀은 절대 지켜야 하며, 특히 애슬리에게는 더더욱 알려져서는 안 됐다.

왜냐하면 애슬리는 전쟁의 불길 속에서 이미 부모님을 잃어버렸으니까.

그 전투는 두 망령이 싸운 결과로 생겨난 결과였다. 또한 악마의 탄환을 만들어낸 존재인 에어가 망령인 한 애슬리는 절대 용납하지 않을 것이다.

레인은 거기까지 무의식중에 이해할 수 있었다.

그러나, 그럼에도 애슬리를 어서 붙잡아야 한다고 생각했다.

즉 붙잡는다는 행위의 결과— 입을 막기 위해서 죽이는 사태까지 가정했다는 의미다.

'나는, 도대체—.'

아연실색한다.

비록 무의식중에나마 이런 결론을 내렸다니.

깨달았을 때, 레인의 다리는 멈춰 있었다.

숲의 정적에 어우러지듯 달에 구름이 끼며 한층 더 어두워졌다.

레인은 어둠을 지켜볼 뿐 한 발짝도 움직이지 못했다.

사흘이 경과했다.

동방국의 수도 아레스트라에서는 해마다 한 번 열리는 축제의 날을 맞이했다.

국가에서 지정한 경축일에 맞춰 사흘 연속으로 수도 전체에서 축하제가 개최된다.

본래 풍년과 평화를 기원하는 사육제의 의미가 컸지만, 공업 도시로 발전한 아레스트라에서는 술과 유흥으로 열광하는 경우가 많았다.

물론 정세는 전쟁 중이며, 적국의 침략과 뒤따르는 피해가 늘 목전에 있다.

그러나 이날만큼은 많은 사람들이 크고 작음에 관계없이 걱정거리를 내다 버리고 축하하는 데 정신을 쏟았다.

아울러.

"네, 인식표를 확인했습니다. 5번 격납고입니다."

레인은 수도 서부에서 화물 경비 임무를 맡고 있었다.

학생병으로서 임무를 받았을 때는 무력이 필요한 경비라고 말을 들었다. 하지만 막상 파견되어 와보니 맡은 임무는 물자를 운반하는 화물 열차의 안내 담당이었다.

완전히 잡일이었다.

그러나 불만을 늘어놓지도 못한다.

오늘은 모든 곳에서 일손이 부족하다니까.

축제 때문에 평소보다 곱절 이상의 화물이 들어오는지라 처리 능력이 모자라졌기에 부득이하게 경비 담당으로 온 학생병에게 검문소의 관리를 맡기게 된 비상사태는 모두가 묵인했다.

잇따라 화물 차량이 들어온다.

그때마다 인식표를 받아 확인한 뒤 안내해줬다.

오전 중에만 오십 대 가까이 안내했을까.

전시 상황이라는 이유도 있어 수도에 들어오는 차량은 한 대의 예외도 없이 검문소에서 확인을 받아야 하는 규정이었는데, 축제가 개최되는 시기에는 더 꼼꼼하게 검사가 진행된다.

업무를 시작하고 네 시간이 경과했다.

그러다가 결국 기력이 다하기 직전에서야.

"전반조, 이만 휴식을 취하도록."

상관에게서 휴식의 지시가 떨어졌다.

레인과 함께 아침부터 열심히 일한 인원들은 저 말과 동시에 손을 내린 뒤 이게 웬 잡일이냐며 불평을 늘어놓는 한편, 지급품으로 받은 간식과 음료수를 챙겨서 각자 휴식에 들어갔다. 맛은 별로 안 좋아도 양만큼은 넉넉한지라 육체노동에는 상성이 좋았다.

다만, 레인은.

"……."

간식과 음료수를 받지 않았다.

달리 무엇인가 음식을 가지고 있지도 않다.

그냥 빈손이었다.

그리고 쉬러 가는 인물들과 거의 반대 방향으로 혼자서 걸어간다.

그곳에 있는 것은 검문소를 위에서 내려다볼 수 있는 망루였다.

자신 이외에는 누구 한 사람도 없다. 경계를 위해 건설한 장소라 평소는 굳이 접근하지 않는 장소니까 사람이 없는 것은 당연하려나.

레인은 망루 꼭대기에 도착하자마자 곧장 주저앉았다.

테두리 부분에 다리를 얹고 힘을 쭉 빼낸다.

하지만…… 딱히 무엇을 하진 않았다.

단지 검문소의 바로 위에서 오가는 많은 차량을 바라보고 있었다.

바라보면서— 생각에 잠겨 있었다.

"뭐하는 거야."

"……음?"

"대충 보니까 또 아무것도 안 먹었구나."

타박하는 말이 들리며 머리에 묵직한 감각이 느껴졌다.

무엇인가를 올려놓은 듯하다.

고개를 움직이자 손안에 똑 떨어진 것은 새빨간 사과였다.

레인은 시선을 올렸다.

"식사는 잘 챙겨 먹어야지."

눈앞에 있는 인물은, 은발의 소녀였다.

"에어……."

"오늘도 일 많아서 힘들지?"

진심이 담긴 것 같지는 않은 말투였다. 뭐, 에어는 언제나 이런 느낌이었으니까 상관없다.

오늘은 학원 및 전장에서 입고 다니는 제복이 아닌 드물게 입는 사복 차림이었다. 아직 한기가 드는 시기이지만, 활동성을 우선해서인지 하의는 짧은 치마를 입고 있었다.

다만 보통은 이러할 테다.

에어는 오늘 레인과 달리 휴일이었다.

축제를 업무로 채우지 않고 즐겁게 보낼 수 있는 입장이다.

"축제는 괜찮은 건가?"

"으음, 뭐, 단 음식은 대강 다 먹고 왔거든."

혼자서 구경 다니려니까 좀 민망해서, 에어는 말했다.

그리고 레인의 손에 올려놓은 사과를 가리키며.

"사과는 먹을 수 있겠어?"

"……."

"일단 먹을 수 있을만한 걸 생각해서 사왔는데."

"……에어한테 배려를 받는 날이 올 줄이야."

"무슨 뜻이야."

"축제는 좋은 날이지."

"축제가 아니더라도 다른 사람 배려할 줄은 알거든?"

에잇, 얄밉게, 안 먹으려면 돌려줘, 하고 에어가 손을 뻗었지만.

"아니, 먹어볼게. 고마워."

에어의 손을 피하며 레인은 사과를 베어 먹었다.

신선도가 좋은 덕인지 껍질이 보통 사과보다 탱탱했다.

이 시기의 사과는 수확의 전성기를 맞이하기에 동방국 오르토메니아에서는 수많은 과일 중에서도 가장 유통량이 많아진다. 사과 전용의 화물 차량이 있을 정도로.

또한 이렇게 제철이 온 사과는 맛이 대단히 좋다고 한다. 실제로 단 음식을 매우 좋아하는 에어가 골라 온 이상 맛에서는 아무 문제 없겠지.

하지만 먹지 못했다.

"으윽."

신체는 공복을 느끼고 있다.

다만, 레인은 겨우 몇 입을 먹은 뒤.

"끄, 으윽……!"

토해버렸다.

"……괜찮아?"

"……그래."

애써 대답했어도 사실은 구역질이 나서 쓰러질 것 같았다.

'—제기랄.'

그러나, 그럼에도 어떻게든 배 속에 무엇인가 넣어야겠다는 생각을 하고 울렁거림을 꾹 참으며 사과를 조금씩 씹어 삼켰다.

그동안 에어는 옆에 붙어서 가만히 보고 있었다.

아무 말 없이 잠시간 조용하다가.

"또 고민하고 있었어?"

"……."

"결심은 했고?"

"결심이라니—."

"애슐리."

에어는 간결하게 말했다.

이런 때에도 돌려 말해주지는 않는다.

"별로 레인이 무슨 생각을 하든 상관없어. 어차피 선택을 하는 건 내가 아니니까."

그렇게 말한 소녀는 차분한 모습이었다.

다만 마음의 바탕만큼은.

"하지만 정하려면 빨리 정하는 게 좋아. 결정이 늦어져서 죽는 사람이 생길지도 모르는 걸."

냉정하게 현 상황을 파악하는 말을 해준다.

레인은 머리를 부여잡았다.

—어떻게 해야 하지.

비단 오늘만이 아니라, 사흘 전부터 끊임없이 계속된 고민이었다.

사흘 전—.

애슐리 매거멧은 임무 중 탈영했다.

레인과 부딪쳤을 때 떨어진 은색의 탄환을 본 애슐리는 정신을 놓다시피하며 도망쳐 사라졌고, 결국 두 번 다시 돌아오지 않았다.

이후 레인에게는 현재 상황에 대한 선택지가 주어졌다.

즉,『애슬리를 탈영병으로 군부에 보고하느냐』의 문제다.

보고 유무에 따라 애슬리의 처우는 크게 달라진다.

레인은 애슬리가 임무 중임에도 아랑곳 않고 도망쳤던 이유를 알고 있다.

—악마의 탄환.

어떠한 계기가 있어 애슬리는 탄환의 존재를 알게 되었다.

또한 탄환이 레인의 권총에서 나온 광경을 목격한 뒤에 도망쳐버렸다. 다만 이 사건은 애슬리가 도망을 친 이유로 군부에 보고할 수 없었다.

악마의 탄환을 언급해야 설명이 되기 때문이었다.

군의 상층부에도 이 탄환의 존재는 절대 말할 수 없다.

이 같은 이유로—.

이 같은 이유 때문에.

레인은 아직 군부에 애슬리를 탈영병이라고 보고하지 못한 상태였다.

『전투 중 뜻하지 않게 흩어졌는데 돌아오지 않았다』.

이것이 보고 내용의 전부다.

전시상황인 만큼 레인이 사실대로 보고하면 애슬리는 수배를 받게 될 것이다.

또한 수배를 받게 된다는 것은 애슬리가 국가의 추적을 받는 죄인이 된다는 뜻이었다.

그에 더하여 당시는 운 나쁘게도 명령에 따른 임무 도중이었다.

전투는 없었어도 애슬리는 명령 위반과 전투 중 탈영을 거듭 저지른 셈이었다. 설령 학생병이어도 사형에 처해질 가능성은 충분히 높다.

따라서 레인은 고민할 뿐 행동하지 못했다.

자나 깨나 이 문제로 고민을 했다.

이성과 개인의 감정이 머릿속에서 빙글빙글 돌아다녔다.

제대로 잠들지도 못했다.

심각한 스트레스 때문에 식욕은 사라졌고, 억지로 삼켜봐도 전부 토해버린다.

지난 며칠간 제대로 식사하지도 수면을 취하지도 못했다.

또한 레인은 여전히 지친 몸 상태로.

"나는 보고하는 게 맞다고 생각해."

에어의 의견을 듣고 있었다.

—사흘 전.

레인과 애슬리의 관계가 크게 틀어졌던 날, 사건 직전에 에어는 애슬리와 접촉했었다고 한다. 우연히 목욕탕을 같이 쓰게 되었는데, 그때 애슬리는 악마의 탄환이 존재한다는 것을 안다는 듯이 에어에게 넌지시 내비쳤다던가.

"왜 애슬리는 하필이면 목욕탕에서 말을 했을까."

"특별히 의미가 있는 것 같진 않았어. 무심코 말한 느낌이었으니까."

"그런가."

"정말 악마의 탄환에 대해서 알고 있었다면, 적어도 나라면 자신만큼은 총을 소지한 채 대화했을 거야. 입막음 때문에 덜컥 살해당할지도 모르니까."

맞는 말이다.

흉악한 병기에 대하여 알고 있다고 그 상대에게 선언하는 것은 위험한 행동임을 모두가 안다.

보통은 무장한 채 추궁할 테지.

하지만 애슬리는 목욕탕에서 맨몸으로 에어에게 말을 꺼냈다고 한다.

즉, 애슬리가 확신을 갖고 에어를 지목하지는 않았다는 뜻이다.

반신반의했기에 무심코 물어봤을 테지.

앞뒤가 어느 정도 맞아 떨어진다.

하지만.

"그렇다 해도, 애당초 어째서 애슬리는 악마의 탄환을 알고 있는 거지?"

레인은 또 다른 의문을 입에 담았다.

어쨌든 피할 수 없는 의문이었다.

레인과 에어는 이제까지 악마의 탄환을 절대 비밀로 지켜왔었다. 인간을 지워 없애면 세계가 개변된다는 성질 때문에 사라진 인간을 기억하는 것도 레인과 에어뿐이다.

그런데 어째서 애슬리는 인식이 가능했는가.

"그 의문에 대한 가설은 하나."

에어는 말했다.

"애슐리는 악마의 탄환을 쓴 적이 있다는 거야."
"그렇다면, 역시."
"맞아. 그 한 번은 틀림없이 킬리리스에게 사용했을 거야."
결코 잊을 수 없는 사건 중 하나다.
망령 중 하나였던 킬리리스 램버트. 사격 대상에게 무차별적인 죽음을 가져다주는 탄환을 보유했던 파격적인 마도사가 레인 및 에어와 싸운 뒤 누군가에게 지워 없어졌던 사건이 있었다.
지금껏 줄곧 정체불명이었다만— 이제야 납득이 간다.

애슐리는 망령 킬리리스를 죽였다.
그리고 개변되는 세계를 인식 가능한 상태가 됐다.
모든 것을— 알아차렸으리라.

"그래서 악마의 탄환을 쓴 경험이 있는 그 아이는 세계의 전환을 인식할 수 있었고, 우리의 행동도 알아차렸던 거야. 다만 결정적인 확신은 갖지 못했으니 얼떨결에 말이 나왔을 테고."
"……."
"아무튼 간에 그 아이를 가만히 놓아두는 건 위험해."
"……알아."
정보가 새어 나갈 위험이 지속되고 있다.
이렇게 가만히 있는 동안에도 애슐리는 누군가에게 악마의 탄환에 대하여 이야기할지도 모른다.

어떻게든 방법을 찾아야 했다.

그것만큼은 분명하다.

하지만 악마의 탄환의 비밀을 지키는 것을 우선적으로 고려하는 단계에 들어가면 아무리 온정적인 대처를 강구해봐도 군인으로서 레인이 도달하는 답은 하나였다.

—애슬리를 죽일 수밖에 없다고.

"큭."

그 답을 받아들일 수 없었다.

그래서 사흘 동안 아무것도 하지 못했다.

식사도 제대로 못할 만큼 혼란스러웠다.

또한 이 순간까지도 결단을 못 내리는 자신에게 치솟는 혐오감 때문에 정신이 큰 타격을 받고 있다.

"……."

갈등하는 레인을 에어가 곁에서 보고 있었다.

레인과 같이 앉아 있지만, 속을 빤히 들여다보는 듯한 표정을 짓고 있다. 이윽고 레인이 더 이상 스스로 생각을 이어 나가기는 어렵다고 판단했을까.

"있잖아, 레인."

"뭐야."

"손, 이리 줘."

"……손?"

"어서, 손바닥 쫙 펼쳐봐."

"……?"

손을 쫙 펼치는 데 도대체 어떤 의미가 있나.

레인은 이 행동에 어떤 의미가 있는지 의문이 있었지만, 시키는 대로 오른쪽 손을 쫙 펼쳐 내밀었다. 그러자 에어도 같이 오른손을 뻗어서 맞잡았다.

단순히 손을 붙잡은 것이 아니었다.

에어는 깍지를 끼듯 서로의 손가락을 뒤얽었다.

마치 연인 사이끼리 잡는 손 같다.

레인은 무의식중에 소리가 나올 뻔했지만.

"어떻게 생각해?"

"어떻게 생각하냐니……."

"내 손."

어떠냐고 물어봐도 대답하기가 난처한 마음뿐이었다만.

"조그맣지?"

"그래. 뭐, 작지."

"그래도 말야, 이렇게 작은 손으로도 막상 총을 잡으면 몇 명이든 죽일 수 있어."

"그건—."

그렇겠지.

"나는 겉모습으로 방심을 유도할 수 있잖아. 이제까지 참 많은 녀석들이 아무것도 못할 거라며 방심하다가 내 반격에 죽어 나갔어. 정말 우습지. 그 사람들이 참고했던 건 그냥 외형에 불과했는데."

아직 손을 맞잡은 채로, 에어는 말했다.

또한 여기까지 말을 들으면 아무리 둔한 레인이라도 에어가 말하려는 바를 이해할 수 있었다.

"막연한 낙관으로 방치하지 말란 뜻인가."

"맞아. 어떤 인간이 무슨 짓을 저지를지는 결국 마지막까지 알 수 없어. 하지만 근거 없는 기대를 우선시하다가 끔찍한 경험을 한 사람을, 나는 잔뜩 봐왔어."

요컨대 애슬리를 묵인하는 것은 방심에 불과하다는 말이었다.

설마, 진짜로 탈영할 리 없다.

설마, 배반할 리 없다— 나약한 마음이 많은 비극을 만들어 낸다.

"신뢰하는 관계와 아무것도 생각하지 않는 도피는 전혀 달라. 그리고 레인, 네가 애슬리에게 쏟는 감정은 신뢰가 아닌 단순한 희망이야."

"……맞아."

이해하기 쉬운 충고다.

이렇게까지 에어가 자신의 생각을 말하는 경우는 드물었다.

그래서 더욱 강조된다.

애슬리의 탈영을 보고하지 않은 지금의 상황이 비정상이라는 것을.

아울러 이 같은 사실을 받아들인 레인은.

"……알았어."

드디어 결정을 했다.

"결정내렸다. 내가 보고할게— 애슬리가 사라진 것은 탈영이라고, 군부에 알리겠어."

"그래."

에어의 표정이 살짝 흐려졌다.

조금 뜻밖의 반응이었다.

에어의 충고를 받아들인 만큼 긍정적인 반응이 나오리라 생각했으니까.

하지만 에어는 레인의 대답을 듣고 분명히 씁쓸한 표정을 지었다.

얼굴에 나타난 것은 서글픈 감정.

과연— 저 표정이 에어의 본심인지는 알 수 없었다. 레인은 감정을 읽어 파악하는 것이 서툴다. 다만, 에어는 여전히 맞잡고 있는 손을 더욱 힘주어 쥐고 있었다.

레인이 파견을 나온 서쪽 검문소에는 두 개의 노선이 지나간다.

왕래하는 화물 차량이 각각 상하행을 오가고, 노선 두 개가 지나다니는 지점 이외에는 높은 성벽으로 둘러싸 놓았기에 외부로부터 진입은 결코 수월하지 않다.

검문소는 관문으로서 기능을 하고 있기 때문이다.

특히 현재는 전시 상황이기에 공작원 및 무장 집단이 습격했을 때도 대응할 수 있도록 관문 앞쪽의 선로는 『도개교』의 구조로 개조되었다.

사용할 때는 다리를 내려서 개방하고, 불필요할 때는 올려 놓으면 선로도 사라진다.

침입자가 나타나도 사슬을 감아 도로 겸 다리를 들어 올리면 입구가 사라지는지라 어디로도 들어올 수 없다.

들어 올린 다리 자체가 방벽의 일부가 되기 때문이었다.

더욱이, 긴급 상황에 대비해서 엑세리아가 세 기 상주하고 있다.

군부에서 파견한 마도사도 레인 및 학생병을 제외하고 열 명은 상시 대기하기 때문에 유사시에는 소대 규모의 작전 행동이 가능한 상태이다.

"휴식 시간은 얼마나 남았어?"

"한 시간쯤 남았을걸."

"의외로 길구나."

곧이어 으음, 소리를 내며 생각하다가.

"그럼 뭐, 한 시간 정도는 같이 있어줄게."

에어도 잠시 이 망루에 머무른다고 했다.

하지만 이곳은 검문소 전체를 둘러보기 위한 목적만으로 건설된 감시탑이기에 경치가 좋은 것 이외에는 전혀 장점이 없었다.

바람도 가차 없이 불어닥친다.

감시대 주위에는 난간도 아예 없어서 발이 미끄러지면 20미터 아래로 추락한다.

솔직히 레인은 미묘하게 높이가 있어 별달리 움직이고 싶지 않은 장소였다.

다만 에어가 신기해하며 쫄랑쫄랑 움직이는 모습은 마치 높은 장소에서 바라다볼 수 있는 경치를 즐기는 것 같았다. 아래를 내려다보면 검문소로 출입하는 열차들의 왕래를 구경할 수 있을뿐더러 뒤를 돌아보면 축제 기간의 수도도 둘러볼 수 있었다.

양쪽 다 사람의 움직임이 많다.

멀리서 멍하니 구경만 해도 즐겁겠지.

축제와 인연이 없는 위치에 있는 레인도 저러한 사람들의 활기 덕분에 조금이나마 마음이 가라앉는 기분이었다. 지난 며칠간— 아니, 악마의 탄환을 손에 넣었던 날부터 마음 편안한 시간은 한순간도 없이 쭉 달려왔다. 깨닫지 못한 동안에 마음이 너무 지쳐버렸다.

게다가 이번에 겪은 애슬리의 사건—.

숨김없이 말하면 큰 충격이었다.

애슬리에게 자신이 끔찍한 병기를 쓰고 있다는 사실이 발각되었다.

애슬리 또한 그 병기를 사용을 했고.

게다가 애슬리가 도망침으로써— 자신은 친구를 붙잡아야 하는 입장에 몰렸다.

에어는 선로를 내려다보고 있다.

레인은 반대 방향으로 눈을 돌렸다.

그곳에서는 수도를 한눈에 바라볼 수 있었다.

'……'

오후의 한창때에 접어들면서 온 도시가 축제에 열광하고 있다.

사흘에 걸친 축제 기간 중 역시나 가장 활기 넘치는 날은 오늘과 같은 첫날이었다. 대낮이라 이미 충분히 밝은데도 곳곳에서 개인이 쏘아 올리는 불꽃놀이 및 화톳불도 보였다.

밤이 찾아오면 더욱 많은 불이 피워질 테지.

저 불은 풍년을 관장하는 신에게 향하는 이정표이자 수호를 기원하기 위한 의례의 일부라고 하지만, 도시의 주민 대부분은 밝고 아름다운 불꽃놀이를 단순하게 좋아하는 모양새였다.

레인도 마찬가지다.

이곳에 온 이후 매년 축제에 참가했던지라 반복해서 그 모습을 봐왔다.

애슬리와 함께하는 형태로.

"……."

정말, 매년 함께였다.

입학했던 첫 번째 해부터 지금까지, 삼 년 동안 축제에 참가했다.

같은 시간을 보냈다.

잊지 않을 테고, 기억도 흐려지지 않으리라.

매년 이날의 광경을 애슬리와 함께 봐왔다. 그 시간이 줄곧 전쟁에 격한 감정을 쏟아부어왔던 레인의 마음을 안정시키는 데 얼마나 큰 도움을 주었는지는 아무도 알지 못한다.

다만— 올해는 다르다.

애슐리는 없다.

언제나 함께였던 친구의 모습은 없다.

'나는—.'

올바른 길을 걸어왔을까.

줄곧 올바르다고 생각했던 길이 사실은 그냥 엇나간 샛길이어서 돌이킬 수 없는 방향으로 돌진하고 있는 상태일지라도 자신은 딱히 증명할 수단을 갖지 못했다.

어쩌면 나는—.

터무니없는 방향으로 달려온 것이 아니었을까.

무엇인가 불길한의 사태가 다가오고 있고, 어쩌면 이미 시작되려는 참이 아닐까— 하는 막연한 불안감이 스쳐 지나간 때였다.

"뭐지……?"

에어의 목소리.

아래를 보고 있었던 에어가 위화감을 느꼈다.

"뭔가 이상해……."

"왜 그러는데."

"검열을 기다리고 있는 저 차량, 아까부터 전혀 움직이질 않아."

"움직이질 않는다고?"

검열을 받을 수 있는 차량은 한정적이기에 많이 몰리면 순서를 기다려야 한다. 특히 오늘은 축제 날이라서 노선도 평소보다 많이 혼잡한 상태였다.

그런 와중에 대기하고 있는 차량 하나에서 이변이 발생했다.

에어가 예민하게 감지해 냈다.

순서를 기다리고 있는 **하나의 차량**—.

차량 하나가 아까부터 조금도 움직이지 않는다.

검사가 끝날 때마다 대열이 전진하는데, 저 차량은 줄이 움직여도 앞과의 거리를 좁히지 않고 제자리에서 쭉 정차하고 있다. 물론 거리를 좁힌다고 검열이 빨라지지는 않는다.

움직이는 의미는 없는 셈이겠으나 보통은 앞쪽 차량이 나아갈 때 따라서 이동할 것이다.

그런데 저 차량은 움직이지 않았다.

차례차례 순서가 돌아오며, 검문소까지 200미터의 거리가 비었다.

그럼에도— 움직이지 않았다.

"……혹시 고장이 발생한 건가?"

대기하고 있는 동안에 엔진이 망가졌다면 움직이지 못할 테지.

이 경우에는 곧장 견인해서 움직일 필요가 있다. 도로 위에서 가만히 멈춰버리면 후속 차량의 진입이 불가능하기 때문이다. 아울러 꼼짝 않는 차량에서 내려 상황을 살피는 인물도 없었다.

그때, 뒤늦게 이상을 감지한 검문소에서 상황을 알아보기 위해 엑세리아 한 기를 보냈다. 엑세리아의 동력을 쓰면 차량의 견인 정도는 한 기로도 충분히 가능하다.

차량에서 검문소까지의 200미터는 탁 트인 평지였다.

도로 이외에는 아무것도 없다.

장애물도 없어 시야는 양호했다.

엑세리아는 무난하게 주행하며 정지된 차량에 접근한다.

거리는 눈 깜짝할 새에 좁혀졌다.

대략 50미터가 남은 지점까지 엑세리아가 다가갔다.

그 순간이었다.

고막을 흔드는 듯한 폭음과 함께 엑세리아가 화염에 휩싸여서 터져 나갔다.

"—아!"

망루에서 상황을 보고 있었던 레인과 에어는 모든 광경을 목격했다.

엑세리아가 차량에 가까이 접근하는 동시에 선두 차량에서 수많은 탄환 마법이 발사되었다.

압도적인 탄막은 엑세리아의 조종수가 회피할 틈도 없이 기체를 꿰뚫었고, 나머지 빗나간 탄환은 쭉 날아가서 검문소의 방벽에 착탄했다.

'으윽……!'

격렬한 굉음과 진동.

망루에 있는 레인과 에어에게도 전해졌다.

아래쪽에 보이던 검문소에서 격한 불길이 피어오른다.

—기습이다.

게다가 개인적인 테러리즘이나 파괴 행동이 결코 아니었다. 명확하게 질서와 규율 아래에서 이루어진 조직적인 공격임을 깨닫고 있는 와중에 사태는 더욱 심각해졌다.

정지된 차량에서 서방국의 엑세리아 AT3가 뛰쳐나왔으니까.

게다가 열 기.

명백하게 아군의 전력을 상회하는 물량이었다.

"—문지기!"

레인은 망루 바깥으로 몸을 내밀어서 아래쪽을 향해 외쳤다.

"다리를 올려! 가만히 있다간 당한다!"

다리의 일부는 도개교 구조로 만들어졌다.

사슬을 감아올리면 도로 겸 다리 부분이 방벽의 일부로 바뀌고, 출입구는 봉쇄된다. 하지만 앞선 포격 때문에 도개교를 조작해야 할 관문의 인원들은 정신을 못 차리고 있었다. 레인의 목소리가 들렸는지 뒤늦게나마 다리를 올리기 위해 조작을 시작했지만, 동작 개시까지 십수 초의 틈이 발생한다.

너무나 긴 시간이었다.

적기는 이미 거리를 대폭 좁혔다.

만약 한 기라도 침입을 허용한다면 내부에서 받는 충격에 약한 도개교는 맥없이 파괴되리라.

"—제기랄!"

이대로 두면 침입당한다.

적국의 엑세리아는 열 기.

수도에 침입하면 막대한 피해를 가할 수 있는 전력이다.

아래에서는 느닷없는 공격으로 패닉에 빠진 인원들이 이리저리 도망쳐 다니는 터라 방어를 위해 배치된 마도사들도 즉각 대응하지 못하고 있는 상황이었다.

엑세리아는 기동이 되지 않았고, 총격에 의한 견제도 곧장 이루어지지 않는 판국이다.

레인은.

'—막는다.'

등에 맸던 라이플을 손에 들어서 자세를 고쳐 앉았다.

그리고 무릎과 어깨로 총신을 고정한 뒤, 접근하는 적 엑세리아에 총구를 조준한다.

'20초—.'

20초면 된다.

잠깐만 발을 묶는 데 성공하면 도개교가 들려 올라갈 테고, 출입구는 봉쇄된다.

다만 목표를 달성하려면 열 기나 되는 엑세리아를 동시에 견제해야만 했다. 저 많은 숫자를 혼자 사격하는 것은 그야말로 신의 경지에 달한 기술이자— 일말의 실수도 용납되지 않는 곡예였다.

하지만.

"내가 오른쪽을 맡을게."

지금 레인은 혼자가 아니었다.

"에어……."

"동시에 사격하자. 각자 연사 가능한 두 발을 정확하게 착탄시키면 후폭풍으로 열 기 정도는 발을 묶을 수 있어. 시간 끌기는 절대 불가능하지 않아."

에어도 말을 꺼내며 앉은 자세로 레인과 같이 총을 겨눈다.

또한 잘 이해하고 있는 모습이었다.

이번 사격이 빗나가면— 도시에 있는 수천 명이 곧바로 살육당하게 됨을.

신중하게.

"—지금!"

레인은 에어의 신호에 맞춰 방아쇠를 당겼다. 거대한 나무조차 파괴하는 탄환 마법이 막 접근하던 엑세리아의 진로를 향해 직진한다. 목표는 기체가 아니었다. 지면에 착탄시킴으로써 적 부대 열 기의 돌격을 저지하는 것이 노림수였다.

다만 에어와 함께 시간 내 사격 가능한 탄환은 네 발.

고작 네 발로 열 기를 막기 위해서는 정확한 사격과 타이밍이 필수다. 운도 상당히 따라주지 않는 한 달성하기가 불가능한 곡예와 다를 바 없는 행위— 그리고 두 사람의 사격은.

"……어떻게 될까 불안했는데."

몇 초 후 결과가 나왔다.

두 사람이 쏜 네 발의 탄환은.

"어떻게든 되는구나."

정확하게 적기의 예상 진로에 착탄했다.

돌파하는 빈틈을 메우듯이 발생한 폭풍은 마구잡이로 돌진하던 있었던 엑세리아에 급제동을 강요했고, 적의 기세를 완전히 죽이는 데 성공했다.

전진을 방해당한 부대가 곧장 재가속한다.

다만, 일순간의 지연이 모든 것을 뒤바꿨다.

적기가 다시 접근한다.

하지만 30미터 앞까지 다가왔을 때였다.

굉음과 함께 도개교가 올라가기 시작했다.

일단 상승이 개시되자 그 이후는 순식간이었다. 사슬이 감겨 올라가서 막힌 관문은 콰아앙, 하는 큰 소리를 내며 출입구를 막는 데 성공했다.

긴장이 풀렸다.

—가까스로 수도 침입을 저지했다.

레인은 사격 자세를 풀고 손에서 라이플을 놓았다.

심장이 쪼개지려는 기세로 두근대고 있다.

고동을 가라앉히며 느긋하게 있을 시간은 없었다.

지금 시점에서는 잠시 적기의 침입을 막은 임시 방편에 불과하니까.

"에어."

"알았어."

에어의 이름을 부른 뒤, 레인은 망루 아래로 내려갔다.

그렇게 이미 문을 막아 둔 검문소 내부 정류소에 도착하고 안으로 걸음을 들여놓았을 때.

"으……."

눈앞에 나타난 것은 지옥이었다.

수많은 시체가 흩어져 있는 처참한 광경이 눈에 들어왔다.

방금 전 적기가 발사했던 수많은 탄환 마법이 검문소 안을 유린한 결과였다. 곳곳에서 불길이 피어오르고, 비명 소리 및 고함이 거듭 날아다니고 있다.

대부분은 군인이 아닌 직원이었다.

공황 상태에 빠지는 것은 당연하다.

'제기랄, 몇 명이 죽은 거야…….'

파견을 나온 군부의 인물이나 학생병은 비교적 평정심을 유지하고 있는 상태였기에 분담해서 무사한 사람들의 피난 유도 및 아직껏 문 바깥에 자리 잡고 있는 적기의 대응을 맡아 움직였다.

레인과 에어는 적기의 대응을 맡게 되었다.

탄환 마법을 사용 가능한 마도사는 여덟 명.

전원이 철문의 빈틈 너머로 바깥을 살피고 내다보며 경계 태세에 들어갔다.

방금 전 열 기는 아직껏 머무르는 중이다.

저격에 대비해서 곧장 움직일 수 있는 진형을 취한 모습이었다.

하지만.

"왜 후퇴하지 않는 걸까—."

상황을 보고 있었던 에어가 혼잣말을 중얼거렸다. 단지 마음에 걸리는 의문을 무심코 입 밖에 꺼냈을 터이나 말의 내용은 레인도 똑같이 품은 의문이었다.

서방국의 기습—.

화물 차량로 위장한 전술은 분명 유효했다.

정지된 차량이었기에 경계심 없이 접근했던 엑세리아 한 기를 손쉽게 파괴하는 데 성공했을 뿐 아니라 허를 찔러서 쏜 탄환 마법은 검문소의 내부 기능을 정지 상태로 몰아넣었다. 레인과 에어가 제때 대처하지 않았다면 분명히 관문을 돌파했을 것이다.

그런데 작전이 실패한 지금— 어째서 저들은 후퇴하지 않는가?

문은 이미 봉쇄되었다.

내부에 침입한 기체가 없는 만큼 이 문은 더 이상 내려가지 않을 테고, 이곳 이외에 수도로 침입 가능한 루트는 없다. 다른 곳은 십수 킬로미터의 거리가 있는 북문과 남문뿐이었다.

하지만 적 부대의 열 기는 적당히 주변을 선회할 뿐, 후퇴하려는 낌새가 없다.

마치—.

"뭔가 기다리는 것 같아."

"기다린다고? 뭘?"

"아직은 몰라. 하지만 저건 아직도 목적이 있는 부대의 움직임이야."

에어의 주의 깊은 관찰력은 적기의 수상한 움직임에서 의미를 발견했다고 한다.

하지만 아직 정체까지 파악하지는 못했다.

생각하던 중 검문소에 남은 동방국 엑세리아 두 기가 기동 준비를 마쳤다. 방금 전에는 허망하게 한 기를 파괴당했지만, 남은 기체 두 기가 제 몫을 하면 백병전도 수행할 수 있다.

군부의 중추에는 이미 무전 연락이 완료됐다.

레인이 다른 인원들과 할 일은 증원 부대가 올 때까지 버티는 것뿐이다.

"증원군이 올 때까지 얼마나 걸릴지 예측이 안 되는군. 오늘은 축제라 긴급 통로도 다른 용도로 사용되는 중이라서 엑세리아가 금방 달려올 수 없어."

불운이 겹친 상황이었다. 축제가 아니었다면 가까운 주둔지에서 엑세리아 및 전투 병력이 불과 5분도 지나지 않아 총집결했을 테지. 하지만 오늘은 불가능했다.

수도에서 축제가 열린 날이면 온갖 통로가 사람 및 물품으로 가득 넘쳐난다.

그리고 여기까지 생각이 미쳤을 때.

'잠깐만…… 불운?'

레인은 문득 사색을 멈췄다.

또한 극한의 긴장 속에서 예리하게 연마된 직감이.

'아니, 틀렸어— 적군은 「일부러」 이날을 선택해서 습격한 거다.'

한 가지 사태를 깨닫는다.

그것은 적국의 기습이 바로 오늘, 『수도의 축제』를 의도적으로 노렸다는 사실이다. 그렇게 생각하면 인원이 비교적 적은 서문을 선택한 것도 이해할 수 있었다. 군부의 중추에서 비교적 떨어져 있는 이 장소에는 증원 부대가 가장 느리게 도착함을 누구든 예상할 수 있었겠지.

거기까지 고려해서 바로 이날, 이곳을 골라 서방국은 공격을 개시했다.

아울러 적이 이렇게까지 작전을 짜서 준비한 것이 묘하게 신경 쓰인다.

하나의 의문—.

이렇게나 치밀한 적이— 관문을 돌파하지 못했을 때의 다음 작전을 준비하지 않았겠는가?

작전이 계획대로 진행된다면 상관없다.

한 번에 성공하면 괜찮겠지만, 전격전은 언제나 불안정하며 실패하는 경우도 대단히 많다. 성공 가능성이 결코 높지는 않은 이상 작전이 실패했을 때는 신속히 후퇴하도록 명령하는 것이 일반적이었다.

이미 실패했는데 괜히 근처에서 기웃기웃할 리 없었다.

그런데— 열 기 모두 후퇴하지 않는다.

"어떻게 하지?"

"어떻게 하긴."

후퇴하지 않으면 사격할 수밖에 없다.

이대로 가만히 기다려봤자 의미는 없다— 그렇게 생각했던 순간이었다.

"온다!"

감시병 한 명이 소리치는 동시에, 문 바깥이 눈부신 섬광에 감싸였다.

현기증이 날 만큼 무수히 많은 광점들— 섬광이 곧장 도개교에 직격했다.

적군의 일제 사격— 탄환 마법을 구사한 포격이었다. 무시무시한 진동과 폭음이 검문소 안쪽 폐쇄된 공간에 울려 퍼지며 지진 비슷한 충격이 발밑의 땅을 커다랗게 흔든다.

'크—.'

무시무시한 충격.

벽면에 붙어 있었던 레인과 다른 인원들도 뜻하지 않게 뒷걸음쳤다.

철문은 대단히 튼튼하기에 물론 파괴되지 않았지만, 벽을 사이에 두고도 간담이 서늘해질 만큼 큰 충격이 들이닥쳤다.

"무식하게 돌파할 셈인가."

"맞아. 하지만 효과는 거의 없었어."

도개교를 올린 벽면은 몹시 견고하다.

요새로서 수도를 지키려면 기껏해야 탄환 마법의 연속 사격 따위에 허물어져서는 절대로 안된다.

실제 충격과 비교하여도 벽면은 아주 살짝만 부서졌을 뿐이었다.

백 발을 더 쏘아도 간신히 작은 구멍이 하나 정도 뚫리겠지.

결과적으로 적의 포격은 아군의 안전만 증명하고 끝났다. 이대로 가만히 버티기만 해도 증원군이 달려올 때까지 충분히 시간을 끌 수 있다.

현재 상황에서는 무기도 병력도 모두 부족하다.

이 방벽 하나가 글자 그대로 최후의 보루였다.

하지만 수도 침공을 계획한 적 집단이 이 같은 안일한 기대감을 이루어줄 리 없었다.

"저건……."

포격이 끝나고, 레인은 다시 적기를 관찰하고 있었다.

문 바깥을 빙글빙글 선회하는 기체가 멈추면 저격할 작정으로 라이플을 감시용 창문에서 겨누고 있었지만, 문득 시야를 넓게 잡았을 때였다.

눈에 들어온 것은 열차였다.

엑세리아 열 기를 운반하고 있는 위장 차량이다. 동방국의 차량인 양 번호판을 달아 놓았을 뿐 정교하게 만든 가짜이며, 도합 세 개의 컨테이너를 끌고 왔다.

그리고 방금 전 저곳에서 엑세리아 열 기가 뛰쳐나왔다.

하지만 잠시 사태가 일단락되고 새삼 주시했을 때 레인은 뒤늦게 깨달았다.

개방된 컨테이너는 『두 개』였다.

컨테이너 하나에 다섯 기를 수용해서 온 셈이다.

즉, 나머지 컨테이너 하나는— 아직 열리지 않았다.

'—큭!'

레인은 라이플을 겨눴다.

나오기 전에 사격해야 한다.

거리는 300미터 이상 떨어졌지만, 탄환 마법의 사정거리에 아슬아슬하게 들어온다.

조준경의 초점을 맞춘 때였다.

사격하려 했던 미개방 컨테이너가 폭발했다.

무시무시한 충격과 함께 화염이 불기둥처럼 솟아오른다.

누군가가 공격했기 때문이 아니다.

내부에 격납되어 있던 기체가 바깥으로 나오기 위하여 안쪽에서 직접 파괴한 여파였다.

분명 일반적인 엑세리아라면 견디지 못하고 충격과 열파에 휩쓸렸을 테지.

그만큼 큰 충격이었다.

하지만 저 기체에 안전 대책은 불필요했다.

설령 어떠한 포격을 받더라도 흠집 하나 안나는 것이— 저 기체였으니까.

"첨인형……!"

타오르는 불길 바깥으로 느릿하게 나온 것은 숯처럼 검은 기체였다.

전체 길이는 일반적인 엑세리아의 곱절을 자랑하고, 질량을 견주자면 오십 배를 충분히 뛰어넘는다. 또한 저 거대한 기체는 폭파한 화물 열차와 거리를 벌린 뒤 평지에서 네 개의 다리를 천천히 내려뜨렸다.

일련의 움직임은 대단히 느릿하게 보였다.

레인 혼자만의 느낌이 아니다.

그곳에 있던 모든 사람이 시간의 흐름을 느릿하게 느꼈다.

다만 이 같은 현상은 도저히 예측할 수 없었던 사태와 아울러 이제부터 벌어질 상황을 곧장 이해하지 못하여 사고가 마비된 결과로 느낀 착각에서 비롯되었을 뿐이다.

예컨대 찔리는 순간 나이프가 느릿하게 보이는 것처럼—.

높은 곳에서 추락할 때 풍경이 멈춘 듯 느껴지는 환각과 마찬가지.

그리고— 환각에서 깨어나는 때와 동시였다.

첨인형이 단박에 가속했다.

"—앗!"

기체의 거대함 때문에라도 예측하지 못할 초가속—.

검은 기체는 고작 수십 미터로 최고 속도에 도달한 뒤 지면을 파헤치며 철문에 돌진을 감행한다. 목적을 곧장 파악한 레인은 누구보다도 빠르게 탄환 마법을 발사했다.

강렬한 파괴 마법이 마구 돌진하는 거대한 기체로 정확하게 날아간다.

그러나 그 일격은 허망하게 회피당했다. 첨인형은 살짝만 기체의 진로를 틀어서 레인이 날린 탄환을 회피했다. 우연이 아닌 순수하게 기술에 의한 회피였다.

일순간이라고도 말할 수 있는 동작.

그러나 동작 하나만 보고도 레인은 알 수 있었다.

지금 저 첨인형에 탑승해있는 인물은 이제껏 본 누구보다도 뛰어난 실력자임을—.

우수한 에이스급 파일럿이 탑승해있음을.

'위험하다—!'

더욱 접근한다.

다른 마도사들도 레인에 이어서 몇 초 늦게 첨인형을 목표로 탄환 마법을 날리기 시작했다.

하지만 전부 어린아이의 장난과 마찬가지였다.

급하게 쏜 탄환은 모조리 빗나가버렸고, 그저 거리만이 무자비하게 좁혀졌다.

그리고— 누가 먼저였을까.

급하게 소리 질렀다.

"문에서 떨어져라!"

소리 지르고 몇 초 후, 격렬한 폭풍이 그 자리에 있던 전원을 찢어발겼다.

결단이 늦은 까닭이다.

문에서 제때 떨어지지 못한 마도사들은 첨인형이 철문을 분쇄한 충격파에 맞아서 종이 인형처럼 찢겨 날아갔다. 몸이 푹 익은 석류처럼 터져 나가는 사람도 있었고, 풍압으로 벽면에 충돌해서 아플 겨를도 없이 붉은 얼룩으로 뒤바뀐 사람도 있었다.

탄환 마법조차 견뎌 내는 강인한 벽면도 거대한 질량을 때려 박는 충격 앞에서는 고정해놓은 사슬과 못이 찢겨 날아가 파괴된다. 적군이 얼마나 확신을 갖고 있었는지는 모르겠다.

어쩌면 적군도 도박이 아니었을까.

아무튼 사실은 분명하게 남았다.

승패는 갈렸다.

즉, 서쪽 관문이 돌파당했다는 결과—.

서방국의 기갑 부대에 의하여 시민 수만 명이 휩쓸리는 수도 결전이 개시되었음을 알렸다.

6. 수도 결전

"크, 읔……!"

방망이로 온몸을 구석구석 두들겨 맞은 것 같았다.

팔다리가 멀쩡하게 남아 있는지도 분명치 않은 격통이 온몸을 꿰뚫었다.

그럼에도 레인은 일어선다.

주위는 격렬한 분진과 화염에 휩싸였다.

방벽은 첨인형의 돌진에 의해 무참하게 파괴되었고, 또한 그 여파와 충격은 이곳에 있던 마도사 거의 전원을 시체로 바꿔 놓았다. 열 명 가까운 마도사가 일순간에 전멸당했다.

레인 본인도 딱 1초만 회피가 지체됐었다면 틀림없이 죽었다.

게다가 몸 상태도 심각했다.

일어나고 나서 깨달았는데, 오른쪽 늑골이 몇 대 완전히 부러졌다.

살짝만 숨을 쉬어도 격통이 치솟는다.

흥분 상태여서 조금은 통증이 누그러질지언정, 병력으로서는 분명 활용 불가능한 중상이었다.

다만 이렇듯 부상을 당하고도 끝내— 레인은 다리에 한껏 힘주며 일어섰다.

'서둘러.'

방벽을 돌파당했다.

선행한 첨인형을 뒤쫓는 후속 엑세리아 열 기가 이미 수도를 침공했고, 시가지의 주민 및 시설을 목표로 무차별 공격을 개시했다.

피해 인원수와 규모는 방금 전 검문소 때와 비교도 되지 않는다.

축제를 맞이하여 거리에 나와 거닐었을 뿐인, 정말 아무것도 알지 못하는 무고한 사람들이 갑작스럽게 나타난 침략자들 앞에서 차례차례 학살당하고 있다. 이미 상당히 먼 곳에서 연기와 불길이 솟아오르는 판국이다. 소용돌이치는 듯한 공황 속에서 수천에 달하는 주민들의 비명 소리가 연쇄되고 있었다.

주민들에게 저항 수단은 없다.

엑세리아와 마도사의 조합은 현대 전술에서 최강의 조합이다.

저격이나 기습 따위로 결코 격추할 수 없다.

특히 이번에는 제2세대 엑세리아가 선봉을 맡아 쳐들어왔다.

그렇지 않아도 강력한 병기인 엑세리아 중에서 더욱 압도적인 마력과 견고함을 자랑하는 제2세대 엑세리아 「첨인형」을 방법은 레인도 떠올릴 수 없었다.

군중과 시설에 닥치는대로 돌진을 감행하며 무차별 살육을 반복하고 있다.

최소한 저 기체를 막지 못하면—.

이 도시는 불과 몇 시간 안에 괴멸되리라.

'빨리, 막아야 한다—.'

레인은 비틀비틀 걸었다.

연기가 피어오르는 와중에 머릿속은 여전히 엉망이었지만, 운 좋게도 걸어 도착한 곳에 있던 인물은 어떻게든 일어서고자 하는 은색의 소녀였다.

"에어!"

"일단은 서로 무사하구나……."

이곳에 남은 고작 두 명의 생존자였다.

레인은 충격을 정면에서 받아버렸지만, 에어는 체중이 가벼운 이유도 있어 바닥을 구르는 동안에 충격 대부분이 분산된 것 같다. 온몸에 찰과상을 입었을 뿐이었다.

즉, 어찌어찌 행동할 수 있다.

고작 둘뿐이지만, 전술의 최소 단위로서.

"어떻게 할까."

"첨인형을 막는 게 최우선이야."

에어가 판단 내린다.

"이미 열 기 이상의 엑세리아가 수도에 침입했는데 여기 남아서 서문을 지켜 봤자 의미가 없어. 적의 내부 활동을 막지 못하는 한 다른 방벽도 허망하게 돌파당할 테니까."

덧붙여서 첨인형은 정보가 적은 제2세대 엑세리아다.

일반적인 마도사라면 존재 자체를 모르는 것이 당연하다. 그나마 대처 가능한 인물은 상대 기체의 성능을 숙지하였으며 교전 경험도 있는 에어와 레인 등 일부 인물에 한정된다.

또한 이 상황에서 다른 인재는 없다.

첨인형은 폭주하며 수도에서 학살을 되풀이하고 있었다.

한시라도 빨리 저지하지 못하면 무참하게 살해당하는 주민이 더 많이 누적될 뿐이다.

저 기체를 막을 적격자는— 레인과 에어밖에 없다.

"일단 우리도 엑세리아가 필요해. 남은 기체를 회수하자."

첨인형의 파괴라는 목적이 결정되자 레인과 에어는 즉각 대응하기 위한 필수 요소인 엑세리아를 찾아 움직였다. 성능 차이는 있을지언정 기체 없이는 아예 대처가 불가능하다.

다행히 이 검문소에는 두 기의 엑세리아가 남아 있었다.

방금 전 충격에 바닥을 나뒹굴었겠지만, 기동은 문제없이 이루어질 것이다. 레인과 에어는 연기가 자욱하게 끼고 시체가 어지럽게 굴러다니는 검문소 안을 달려서 기체가 있는 곳으로 향했다.

너무나도 참혹한 공간.

두 사람은 조금이라도 빨리 빠져나가기 위해 엑세리아를 찾아 달렸다.

하지만.

"좀 늦었네. 기다리다가 지칠 뻔했어."

"너는!"

도착하기 직전, 오싹하리만큼 싸늘한 목소리가 울려 퍼졌다.

다리를 멈춘 뒤 눈에 힘을 줘서, 두 사람은 가까스로 목소리의 존재를 알아볼 수 있었다.

레인과 에어가 찾으러 온 기체의 위쪽에는 한 명의 남자가 앉아 있었다.

야윈 신체에 키가 큰 남자.

전체적으로 선이 가늘고 축 늘어뜨린 장발은 남자인지 여자인지 쉽게 판단을 어렵게 한다.

하지만 저 이질적이라고도 표현할 수 있는 분위기는 한 번이나마 접촉한 경험이 있다.

레인은 몸의 통증을 잊어버릴 만큼 분노했다.

"카이세이……!"

"와, 영광이야. 이렇게 열렬하게 기억해줄 줄이야."

잊어버릴리 없었다.

기억이 희미해질 리 없었다.

다시 눈앞에 나타난 이 남자를 대체 어떻게 기억 깊숙한 곳에 밀어 넣은 채 잊을 수 있을까.

"게다가 너와 이렇게 만나는 건 처음이지? 에어."

"……가능하면 지금이 아니었다면 더 좋았을 텐데."

"아핫, 그러게. 가능하면 나도 너하고 차분하게 대화 나누고 싶었어. 하지만 이렇게 연기에 피와 살점이 흩어져 있는 공간은 우리가 대면하는 자리로 너무 잘 어울리지만 말이야."

하핫, 카이세이가 아무렇게나 웃는다.

상대의 맥 풀리는 태도와는 대조적으로 레인의 사고는 예리한 긴장감을 놓지 않고 있었다.

저자가 이곳에 나타난 의미를 알아차리지 못할 만큼 바보는 아니니까.

카이세이는 분명 자신들을 방해하기 위하여 나타났다.

오늘의 공세, 첨인형을 내세운 수도 침공은 이 남자의 주도하에 실행했을 것이다.

또한 작전의 제1관문이었을 방벽 돌파와 첨병 기습이 성공한 지금은 다음 단계를 성공시키는 데 있어 전장의 특이점인 에어가 큰 골칫덩이다.

—악마의 탄환.

에어의 탄환은 모든 결과를 지워버린다.

가령 첨인형의 조종수를 탄환으로 제거하면 방벽 파괴가 실패한다.

이 남자는 악마의 탄환을 잘 알기에 에어를 직접 처리하러 오는 것이 당연한 행동이다. 레인과 에어가 엑세리아를 확보하지 못하도록 이곳에 미리 와 기다리고 있었을 테지.

—그렇게 생각했다만.

"아차, 미안해. 이 기체에 타러 왔겠지?"

카이세이는 뒤늦게 깨달았다는 듯이 여태껏 앉아 있었던 엑세리아에서 가볍게 내려섰다.

곧이어 마치 안내를 하듯 쓱 손을 내리며 레인과 에어를 유도하고자 한다.

분명 『막는다』라는 행위와 정반대에 위치한 동작이었다.

"……무슨 수작이지."

"너희를 방해할 생각은 없어. 난 단지 잠깐 이야기를 하러 왔을 뿐이니까, 이 기체는 마음대로 써도 좋아— 어차피 내 소유도 아니지만."

"이야기……?"

"나는 너희의 적이 아니야. 이 한마디를 하러 왔어."

"무슨—."

"이 말을 안 하면 너희의 목적이 어긋날 것 같았거든. 분명 너희가 대강 입수한 정보대로 나는 망령이라는 존재를 구성하는 데 관여도 했고, 모든 비밀의 근본도 파악하고 있어. 너희가 알고 싶은 사실들 전부를 아는 인물이 맞아. 그런데 말이야, 나 자신은 엄연히 이 전쟁하고 아무 관계가 없는 사람이거든."

"그래서— 뭐하자는 거냐. 죽이지 말라 부탁이라도 할 셈인가."

"너희의 적은 틀림없이 서방국이라는 것."

카이세이는 말한다.

"이것은 어디까지나 두 나라의 전쟁에 불과해. 누군가의 의도는 전혀 포함되어있지 않아. 있는 건 순수한 자원 쟁탈전과 외교 분쟁으로 유발된 전란과 그 결과뿐이지."

담담하게.

"난 단지 곁에 있었을 뿐이야. 보통의 망령이 그렇듯이 불필요하게 전란을 조장한다거나 비극을 일으키려는 생각도 없고 딱히 전쟁을 유도하지도 않아. 그래, 애당초 난 불가능하거든. 망령이 되는 인간은 자기 멋대로 날뛰는 녀석들뿐이잖아? 자기 마음을 따라 내키는 대로 아무렇게나 마구 행동할 생각밖에 없는 전사를 나는 도저히 감당하지 못해. 모두들 각자 가지고 있는 망령의 계율이 아니면 절대 따르지 않아."

저 발언을 신뢰할 이유는 전혀 없었다.

오히려 적극적으로 거짓임을 의심하게 된다.

다만 헛소리임이 분명한 저 발언을 들어줘야 했다.

"따라서 이번 수도 침공도 나와 전혀 관계가 없어. 단지 너희와 이야기를 나누는 데 마침 괜찮은 기회라서 서둘러 따라왔을 뿐이야."

"무슨 근거로 네 말을 믿으라는 거냐."

"딱히 근거는 없는데. 애당초 나는 서방국의 인물이 아니거든?"

"뭐?"

"애당초 나는 어느 한쪽의 나라, 동방국에도 서방국에도 속하지 않은 외부인이야."

돌이켜보면—.

처음 카이세이와 접촉했을 때도 마찬가지였다.

이 남자는 서방국의 장교를 붙잡았을 뿐 아니라 쏘아 죽이기까지 하지 않았던가. 아울러 지난 행동을 돌아보면 딱히 동방국에도 가담하지 않은 것은 명백했다.

이 같은 사실에서 도출할 수 있는 결론은 하나.

카이세이는 전쟁의 승패에 전혀 개의치 않는다.

그렇게 가정할만한 정황이 있다는 것이었다.

"그러니까 적을 잘못 판단하지 말고 싸워줘. 너희의 적은 지금 눈앞에 있는 적군이 맞아. 그 사실을 잘 이해해서 망설임을 없애줘. 이상한 망설임이 생겨서 미련하게 덜컥 죽어버리면 얼마나 허망하겠어. 너희가 쓰는 탄환은 예측 안 되는 요소가 많아서 기대하고 있거든."

카이세이는 계속 말하며 척척 걸어간다.

할 말은 이제 다 마쳤다는 듯이.

'기대한다고……?'

뜻을 알 수가 없다.

어째서 카이세이가 직접 와서 말을 건네는지도 모르겠다.

그럼에도—.

그럼에도 레인과 에어 또한 이 이상 시간을 빼앗길 수는 없는 입장이었다. 이러고 있는 동안에도 시가지에서는 첨인형을 중심으로 서방국의 기갑 부대가 학살을 거듭하는 중이다.

분명 카이세이에게 추궁해야 할 문제는 산더미처럼 많다. 하지만 이 남자가 정말 방해를 하지 않는다면 굳이 포획을 시도할 만큼 여유로운 상황도 아니잖은가.

한시라도 빨리 서방국의 기체를 막아야 한다.

레인의 마음속에서 갈등은 소용돌이처럼 휘몰아치고 있다.

그래도 지금 우선해야 할 목표는— 무의미하게 죽어 나가고 있는 사람들을 지키는 것이다.

"……제기랄!"

레인은 카이세이가 비켜준 엑세리아에 뛰어 올라탔다.

에어도 뒤를 따른다.

곧장 엔진을 기동시켰다.

카이세이를 이곳에 남겨 두고 떠나야 할 텐데, 일단은 방치할 수밖에 없다.

다만 발진하기 직전 찰나의 순간에.

"—한 가지만 물어볼게, 카이세이."

말을 꺼낸 사람은— 줄곧 침묵을 지켰던 에어였다.

이제껏 끼어들고 싶은 순간은 산더미처럼 많았을 테지— 다만 예사롭지 않은 이성으로 감정을 쭉 억제한 소녀는 마지막 한순간을 선택하여 카이세이에게 입을 열었다.

그리고 물었다.

"너도 망령이야?"

많은 의미가 담긴 질문.

에어는 다양하게 해석할 수 있는 물음을 단 하나 준비해서 카이세이에게 물었다.

그러자.

"……아핫."

카이세이는 웃었다.

"적어도 나는 너와 킬리리스, 데드림과 같은 종류의 망령은 아니지만—."

대답하며 얼굴을 살짝 숙였다.

그리고 다시금 들어 올렸을 때는 왼쪽 안구만이 검붉게 물든 모습이었다.

저것은 『봉축(蜂縮)』이라는 현상이며, 망령만이 보유하고 있는 이형의 눈동자였다. 미처 예측할 수 없는 반응이었지만, 직접 목격하고도 두 사람의 동요는 특별히 크지 않았다.

왼쪽 눈의 변색 및 문양과 유사한 것을 레인도 에어도 본 경험이 있기 때문이다.

에마
“진신족(眞神族)—.”

“그래. 굳이 말하자면— 레인.”

외눈의 망령은 말한다.

“나는 너와 비슷한 존재야.”

첨인형이 향한 곳은 동남쪽 방향이었다.

뒤따르는 서방국의 엑세리아 열 기도 손을 보태는 모양새로 침공을 이어 나간다. 이제부터 곧 일어날 집단전을 대비하는 행동일 테지. 아마도 얼마 지나지 않아 동방국의 원군이 시가지로 달려와서 혼전이 벌어지리라. 서방국 부대는 가까워지는 전투를 준비하며 집단으로 이동하고 있는 듯했다.

다만 이 같은 방침은 레인과 에어에게도 유리하게 작용했다.

추적이 몹시 수월했으니까.

전력이 분산되지 않아 원거리에서도 위치를 정확하게 파악할 수 있었다.

다만 서방국의 부대가 지나간 장소는 예외 없이 극한의 유린을 당한 상태였던지라 정신에 묵직한 부담감이 가해졌다. 특히 앳된 아이의 시체는 똑바로 볼 수 없었다. 길을 거닐던 주민은 날벌레처럼 찌부러졌다. 무차별 학살의 광경이다.
얼마나 많은 사망자가 발생했을까.
차마 가늠할 수 없었다.
수천 이상의 인간이 허망하게 죽었다—.
받아들이는 데는 시간이 필요하다.
아무튼 분명하게 할 수 있는 말은 첨인형을 막지 못하면 이 무차별 학살도 끝나지 않는다는 것이다.
무엇인가—.
무엇인가 방법은 없나.
저 시커멓고 거대한 기체를 막을 방법은.
"단서를 얻으려면 일단 접근해야겠네."
에어가 기체를 조작하며 말했다.
"나라면 접근은 할 수 있어. 그러니까 아슬아슬하게 가까이 가서 기체의 약점을 찾는 방법뿐이야."
"약점이라니."
과연 있을까, 정말?
저 무자비하게 견고한 기체는 무적으로 보이는데.
다만 레인의 비관적인 반응을 에어는 힘주어 부정했다.
"아니야, 반드시 있어. 첨인형은 강력한 능력을 보유했지만, 그 대가로 기존 기체의 이점도 잃어버렸어. 움직임도 거의 직진밖에 못 하는걸. 저 기체는 하나의 능력에 특화된 원형이고 아직은 개발 단계에 불과하니까— 반드시 결점이 있어."
어디까지나 가능성이었다.

다만 지금은 지푸라기 같은 가정에 기댈 수밖에 없었다.

약간의 여유도 허락되지 않는다.

동방국의 원군이 달려올 무렵에는 도시가 이미 괴멸적인 피해를 받았을 테지.

한시라도 빨리, 하다못해 첨인형만이라도 격추해야만 한다.

그러나 지금은 아직 어떻게 해야 할지 알 수 없었다.

첨인형은 바람막이가 없는 구조라서 저격도 불가능했다.

조종수는 장갑에 완전히 둘러싸여 있다.

그리고 저 장갑은 탄환 마법을 모조리 무효화할 만큼 단단하기에 파괴할 수 없다.

따라서 에어가 굳이 첨인형에 접근하겠다고 말한 것이다.

지금 확보된 정보로 대처하기는 너무 불리한 탓에 단서를 얻자면 구동하고 있는 첨인형을 직접 탐색해서 약점을 찾는 방법뿐이기 때문이다.

'약점—.'

과연 있을까.

어쨌든 만약 정말로 약점이 존재한다면 반드시 찾아내야 한다.

실패하면 군인 신분의 레인과 에어만 죽는 것이 아니니까.

수천수만의 주민도 휘말려 죽을 것이다.

에어가 적의 루트를 먼저 읽어서 첨인형에 가까이 다가간다.

적 부대는 상당히 빠른 속도로 이동 중이었지만, 시가지를 파괴하며 나아가고 있는 까닭에 에어의 기술을 활용하면 따라잡는 것 자체는 딱히 긴 시간이 걸리지 않았다.

이윽고 100미터 권내에 들어섰다.

길 두 개를 사이에 두고 나란히 달리며 에어가 뒤에서 쫓는 모양새다.

그리고 레인이 관찰을 막 시작한 순간이었다.

무시무시한 화염이 솟아올랐다.

저 불길은 딱히 서방국의 부대가 일으킨 것도 레인이 일으킨 것도 아니었다.

다른 인물들이다.

'저 녀석들—.'

휙 올려다본 곳에서 레인이 본 인물은.

바로 동방국의 학생병들이었다.

인원수는 도합 다섯 명 정도.

축제를 맞이하여 거리에 나왔을 테지.

민가의 옥상에 올라 휴대한 개인용 총으로 집단 저격을 수행했다. 학생병 집단이 훈련으로 거듭 숙달시킨 대열을 짜서 서방국의 기갑 부대에 탄환 마법을 발사한다.

하지만.

"—큭."

발사된 포격 대부분이 선두를 달리는 첨인형에 명중했다.

철마저 불태워 녹일 뜨거운 화염이 솟아오르는데도 불길 안쪽의 시커먼 기체는 일절 감속하지 않은 채 나아가고 있다.

또한 뒤에서 따라오는 다른 열 기가 민가의 옥상에 있던 학생병 다섯 명에게 무자비한 제압 사격을 실시했다. 수십 발의 탄환 마법이 냅다 처박혔다. 학생병은 모두 제거됐다.

다섯 명 모두 살점 하나 남기지 못한 채 증발했고, 첨인형은 아주 잠시 동안의 운행을 방해받았을 뿐이었다.

—1초.

다섯 명의 목숨과 맞바꿔서 얻은 시간은 겨우 1초.

거의 찰나와 같은 순간.

하지만 이 짧은 순간에 화염에 비추임으로써 보인 「광경」을 레인은 인식했다.

"저건—."

"뭐야, 레인."

"첨인형의 표면이 잠깐 보였어."

탄환 마법이 작렬하며 발생한 빛.

그때 레인이 본 것은 첨인형의 선명한 동체 형상이었다.

이제까지 레인은 첨인형을 몇 번인가 반복해서 목격해왔다.

하지만 이토록 가까운 거리에서 본 경우가 사실 한 번도 없다.

또한 첨인형은 흑색인지라 상당히 주의 깊게 관찰하지 않으면 단지 시커먼 거체가 움직이는 모습밖에 보이지 않기 때문에 외관의 상세한 형태는 줄곧 파악하지 못했다.

하지만 방금 전 학생병 다섯 명의 공격 덕분에 판명됐다.

첨인형은 외관 장갑의 대부분을 유선형으로 만들어 놓았다.

직접 포격을 수행하지는 않고 단순한 돌진만이 최상의 공격이자 방어인 이상 외부의 반격이나 충격을 받아 흘리려면 유선형이 가장 효율 좋은 형태였을 테지.

그런데 레인이 깨달은 것은 단지 형태가 아니었다.

기본은 매끄럽게 구성되어 있는 저 기체에서 딱 두 군데, 각이 있는 부분이 있었다.

하나는 최전방에 부착된 기수 부분.

돌진할 때 접촉하는 부분이다.

뾰족한 형태는 당연한 모양이다.

다만 기수와 별개로 또 하나, 첨인형에는 부자연스럽게 돌출된 부위가 존재했다. 그것은 기수 부분이 아니라 정반대라고도 말할 수 있는 후방의 동체 부분에 보인 철(凸) 모양의 구조였다.

저것은 과연 무엇일까.

문득 레인의 뇌리를 스친 것은 「잠수함」이었다.

더욱 깊은 수심에서 작전 행동을 수행하기 위한 병기이자 새카만 유선형으로 만드는 경우가 많은 수중용 기체를 떠올렸다. 잘 살펴보면 첨인형과 구조가 잠수함의 구조와 매우 유사하지 않은가?

아니, 실제로 서방국은 잠수함을 모델로 첨인형을 제작했을 것이다.

클레이스 파르망이 가장 초기에 개발했던 기체이지만, 처음부터 지상 전용으로 저런 형태를 만들어 낼 만큼 개발에 시간이 충분하게 허락되지는 않았을 것이다. 또한 잠수함의 구조를 기초로 삼았다는 가정이 성립된다면— 저 철(凸) 모양의 구조는 과연 무엇을 의미할까.

'설마—.'

첨인형.

돌진에 특화된 칠흑빛 기체.

전신이 유선형인데도 부자연스럽게 솟아오른 부분이 하나 존재하고 있다.

—파악했다.

여기까지 다다랐다면 예측을 세우기는 쉬웠다.

"저건 해치야."

"……뭐?"

"해치라고. 잠수함에 달아 놓는 위로 여는 문이다."

"……응?"

에어는 어리둥절하는 반응이다.

아마도 잠수함이 최근 등장한 병기이기 때문일 테지.

"해치는 잠수함 같은 기체에 사용되는 출입구인데, 물이 들어오지 않게 입구를 밀폐해주는 두꺼운 문이야. 손잡이를 달아 놓으면 외부에서도 열 수 있어."

특히 외부의 침입자를 대비할 필요가 없는 잠수함은 뜻하지 않게 갇히는 사태를 방지하기 위하여 해치는 외부에서도 열 수 있는 경우가 많다. 첨인형은 기초 설계부터 특수하기 때문에 이 같은 구조가 채택되었을 테지.

"저 해치를 열어서 안에 있는 녀석을 끌어낸다."

"그런데, 어떻게."

"내가 뛰어가서 붙잡고 직접 열겠어."

대답한 직후, 무언의 시간이 이어졌다.

뒷모습만 보이는 상태였으나 에어가 차마 말을 못 꺼낸다는 것을 알 수 있었다.

물론 레인도 초고속으로 이동하는 기갑 전차에 뛰어 올라타고자 시도하는 의미를 알지 못하는 바보가 아니었다. 가령 운 좋게 잘 붙잡아도 위에 올라탔음을 조종수가 깨닫는 순간, 눈 깜짝할 사이에 관성으로 날려버릴 것이 뻔하게 예상된다. 손을 놓치고 떨어지면 즉사다.

어떻게든 눈치채이지 않고 기체로 뛰어 올라타야 하겠다.

"……최대한 가까이 붙어볼게. 뒷일은 너만 믿겠어."

현시점에서 다른 방법이 없다 판단한 에어는 기체의 진로를 변경했다.

그리고 단박에 거리를 좁힌 뒤 첨인형의 배후에 달라붙는 모양새를 만들었다.

살짝살짝 거리를 좁혀 나아간다.

첨인형도 이쪽이 추적하는 것을 감지했을 테지.

하지만 전혀 대응을 할 낌새가 없다.

고작 한 기가 따라붙어 봤자 아무것도 못 하리라 판단했겠지.

그러한 대응이야말로 레인에게는 광명이었다.

에어가 단박에 가속을 붙여 달린다.

드디어 첨인형과 나란히 달리는 위치에 도달했다.

'—해낸다!'

레인은 기체에서 몸을 날렸다. 다리를 띄운 순간에 무시무시한 풍압 때문에 후방으로 끌려갈 뻔했지만, 손가락이 닿은 해치 부분을 있는 힘껏 붙들어 잡고 착지했다.

성공했다.

첨인형의 상부에 있는 해치를 여는 단계로 이행한다.

예상한 대로 표면의 요철은 첨인형의 출입구로 쓰는 구조물이었다. 라이플을 핸들에 물려 돌리자 생각보다 가벼운 힘으로 해치가 열리기 시작했다.

다만 전부 열었을 때 레인은 무심코 손을 멈췄다.

해치 안쪽에 나타난 것은 조종석이 아니라 물자 따위를 적재하는 데 쓰는 격납부였기 때문이다.

—예상과 다르다.

이곳에 조종수는 없었다.

사람이 탑승하는 입구는 따로 있었다.

하지만.

"—내부가 보이면 충분하지."

레인은 곧장 입구에 총구를 찔러 넣었다.

"끝이다, 첨인형!"

일제히 탄환을 발사했다.

다음 순간에 발생한 것은— 충격.

폭풍이 휘몰아쳤다.

격납고는 작렬한 탄환에 의해 1초도 지나지 않아 내부에서

팽창했고, 미처 압력에 견디지 못한 공간은 기체를 감싸 안는 거대한 폭발을 만들어 냈다.

분명 첨인형은 단단하다.

평범한 포격에는 움푹 눌리지도 않는다.

그러나— 견고한 곳은 어디까지나『외부의 장갑뿐』이다.

내부에서 받는 충격에는 너무나 약했다.

기갑 병기의 공통된 약점이기에 첨인형도 물론 예외는 아니었다.

'—해냈다.'

귀청을 찢는 굉음.

진홍빛 화염이 불기둥을 만들어 솟아올랐다.

내부에서 작렬한 충격파는 격납고뿐 아니라 첨인형의 장갑을 차례차례 안쪽에서부터 뜯어냈다. 단단한 물체일수록 약간의 균열에 의해 붕괴가 연쇄되는 법이다.

후방부터 전방까지 뚝뚝 너럭바위처럼 장갑이 떨어져 나간다.

붕괴의 연쇄에 의해 기체의 오른쪽 면은 내부가 거의 전부 다 노출되었다.

단단히 숨겨 놓았던 조종석도 같은 처지가 됐다.

조종석이 바깥에 개방되었다.

또한 마침내— 레인은 조종수의 뒷모습을 포착했다.

'좋아—!'

당장 죽인다—.

파괴력이 동력로까지 미치지 못했기에 첨인형은 아직 구동이 가능하다.

하지만 조종수를 죽이면 모든 것이 끝난다.

파일럿을 잃으면 좋든 싫든 기체는 정지하니까.

그런데 그때 첨인형이 힘껏 기체를 흔들었다.

혼란에 빠진 조종수가 조작했을까. 레인의 몸이 힘차게 튕겨 올라갔다. 지금 레인은 고양이의 몸을 뛰어다니는 벼룩과 마찬가지다. 기체를 잡아 버티는 것은 도저히 불가능했다.

하늘 높이 튕겨서 올라간다.

하지만.

'—가능하다.'

상공에 날아오른 채 레인은 라이플을 아래로 겨누었다.

그리고 조준을 맞췄다.

불안정한 공중 저격일지언정 위쪽은 적에게도 사각이다.

마구 뿜어 나오는 연기와 화염 때문에 지금은 적의 모습을 분명하게 확인할 수 없지만, 이 거리라면 눈으로 확인한 뒤 공격해도 절대 빗나가지 않는다.

추락하는 동안에 곧 시야가 확보됐다.

다만 결과적으로 레인의 반응은 일순간 지체됐다.

조종석에 있는 인물이 **애슬리**임을 깨달았기 때문이다.

'—!'

잠깐이나마— 망설였다.

머릿속이— 어지러웠다.

이 대량 학살의 원인을 드디어 제거할 수 있다— 그런 생각으로 살의를 가득 담은 총부리 끝에 나타난 인물은 얼마 전 자신을 떠나 사라졌던 소녀였음을 어떻게 예상할 수 있었겠는가.

결정적인 실수가 발생했다.

미세하게 레인의 공격이 늦어졌기에 머리를 부수기 위해 발사한 탄환은 애슬리의 오른쪽 눈을 앗아 갔다. 귀엽고 예쁜 애슬리의 얼굴 일부가— 탄환에 스쳐 무참하게 찢긴다. 대량의 혈액이 흩날리며 애슬리의 오른쪽 안구는 충격에 날아가 버렸다.

"크, 악!"

애슬리가 신음 소리를 낸다.

다만— 치명상은 아니다.

오른쪽 눈이 날아갔는데도 애슬리는 위축되지 않았다.

그리고 움직였다.

다음 순간, 레인의 몸에 치달은 것은 무시무시한 충격이었다.

"크, 아아아악!"

레인의 몸에 첨인형의 앞다리가 직격했다.

공중에 있던 동기생을 애슬리는 가차 없이 후려쳤다.

또한 파리를 쫓아내듯 휘두른 방금 전 일격은 너무나도 무거웠기에 레인은 공처럼 지면을 튕겼다가 기세를 죽이지도 못한 채 등부터 벽에 세차게 충돌했다.

"크, 헉!"

이제껏 당한 부상과는 비교가 되지 않는다.

온몸의 뼈가 몇 개나 부러졌을지 전혀 가늠이 안 된다.

즉사하지 않은 것이 신기할 정도였다. 뚝뚝 시야 안쪽에 흘러내리는 새빨간 혈액이 머리에서 나왔는지 다리에서 쏟아졌는지도 알 수 없었다.

곧이어.

"으—."

의식이 흐려져 간다.

죽음을 예감케 할 만큼 강렬한 졸음기였다. 그런데 빈사에 처한 레인의 곁으로 끼걱끼걱하며 엑세리아가 한 기 접근하더니, 앞다리로 레인을 주워 들었다.

잘 살펴볼 필요도 없다.

레인의 몸을 회수한 사람은 애슬리였다.

앞다리를 조작해서 자신이 있는 곳으로 레인을 이동시킨다.

이어서 가느다란 두 손으로 몸을 받아 들더니.

"레인…… 다행이야, 여기서 만났구나."

꽉 끌어안았다.

자신의 오른쪽 눈이 날아갔는데도 전혀 개의치 않는 모습이다.

만신창이가 된 레인의 몸을 애슬리는 두 손으로 맞아들이며 포옹했다.

"너, 넌……."

레인은 피를 토하면서 물었다.

"자신이, 무슨 짓을 했는지……. 얼마나 많은, 사람을, 죽였는지 알고 한 거냐……."

"응. 알고 있어."

"어째서, 이런 짓을."

"—망령."

"뭐……!"

"레인은 알고 있잖아. 죽어도 다시 부활하는 마도사들이 그 능력을 써서 전쟁을 격화시키고 있다는 것. 게다가 그중 한 사람이 네가 지키려 하는 에어라는 것도."

대답하며 애슐리는 레인의 권총을 빼어 들었다.

그리고 안쪽에 장전해 놓은 은색의 탄환을 꺼낸다.

"나 말야, 알거든. 레인과 에어가 이 탄환을 써서 무엇을 해왔는지, 얼마나 많은 사람들을 지워 없애며 전장을 바꿔왔는지, 죽여왔는지— 그리고 내 부모님과 고향을 불태운 거를."

"그래서—."

그래서 나를 죽이러 온 건가?

나라를 배반하고 적국으로 전향까지 하며.

게다가 자기의 복수에 끌어들여 죽였다는 말인가.

—이렇게 많은 사람들을?

무장도 하지 않은 주민을, 저항 수단을 전혀 가지지 못한 민간인을 일방적으로 짓밟은 건가?

지금도 온 도시에 원망과 한탄이 소용돌이치고 있다.

애슬리가 첨인형으로 벌인 파괴의 피해는 너무나 막심했다.

"너……!"

레인의 몸에 강렬한 분노가 솟아올랐다.

빈사의 중상도 흐릿해질 만큼.

"그럼 나 하나만 노려 죽였어야지……. 어떻게, 이런 짓을……!"

"죽여? 아니야, 레인."

애슬리는 대꾸하며 첨인형을 재구동한다.

"나는 너를 지켜주러 온 거야."

"……뭐?"

"그 아이…… 은색의 망령, 에어 알란드 노아에게서."

'무슨—.'

레인은 애슬리가 무슨 소리를 하는지 금방은 이해하지 못했다. 몇 년이나 함께 지내며 친구라고 생각했던 눈앞의 소녀가 갑자기 언어를 알지 못하는 괴물처럼 여겨졌다.

"나한테는 이제 레인밖에 없거든."

그렇게 대답한 뒤, 애슬리는 다시금 첨인형을 조종해서 도시 안쪽을 달려 나간다.

시커먼 기체는 눈 깜짝할 사이에 본래의 최고 속도로 돌아왔다.

"부모님도 죽고 고향도 사라지고— 하지만 레인이 있어주면 난 싸울 수 있어. 붉은색만 가득한 이 세계에서 나는 너를 살릴 거야. 망령이 원하는 대로 두지 않을 거야."

아니야, 레인은 소리를 내지 못했다.

이제껏 싸웠던 것은 다른 누구도 아닌 자신의 의지임을 말소리로 꺼내지 못했다.

이유는 목이 망가졌기 때문은 아니었다.

다음 순간에 일어난 사태를 보고 무의식중에 숨을 멈췄기 때문이었다.

첨인형의 앞쪽에 엑세리아가 한 기 뛰쳐나왔다.

"레인!"

놀랍게도 방금 전 헤어졌던 에어였다.

레인이 붙잡혔음을 알고 탑승한 기체를 움직여서 곧장 다가온다.

맞은편에 돌아들어서 직진하는 모양새였다. 이대로 가면 정면충돌하겠지만, 접촉하는 순간 에어는 자신의 기체를 거의 날다시피 번쩍 튕겨 올렸다.

그리고.

"손을 뻗어!"

에어가 좌석에서 몸을 내밀어 손을 뻗는다.

엇갈리며 레인을 잡아주기 위해서였다.

하지만.

"—누가 가만히 놔둔대?"

쭉 뻗은 레인의 손을 애슐리가 붙잡아 막았다. 에어와 레인이 서로 뻗었던 손은 맞잡지 못하고 허공을 가른다. 탈출을 위한 천재일우의 기회를 잃었다.

에어의 기체가 스쳐 지나간다.

두 기체 사이의 거리가 대폭 벌어졌다.

애슬리는 후방에 있는 에어를 돌아봤다.

"잘 있어, 망령 에어. 오늘은 물러나지만— 언젠가 반드시 내가 널 없애줄게."

첨인형이 가속한다.

그리고 에어가 탄 M4는 결코 따라잡을 수 없는 속도로 이탈을 개시했다.

그다음은 순식간이었다.

첨인형은 몇 초도 걸리지 않아 최고 속도에 다다랐다.

비록 외부 장갑이 레인의 공격에 의해 일부분 크게 떨어졌지만, 이 거체가 다시금 속도를 내면 저지할 수 있는 존재는 없었다.

'—제기랄.'

온몸에 부상을 당한 레인은 팔 하나도 뜻대로 움직이지 못한다.

애슬리에게 안긴 채 끌려갈 수밖에 없다.

작전은 최악의 형태로 실패했다.

또한 흐려져 가는 의식 속에서 레인의 마음속에 까맣게 소용돌이치고 있었던 것은.

'나는—.'

—후회.

더할 나위가 없는 후회였다.

어째서 그때 애슬리를 쏘지 않고 망설이고 말았는가.

대치했던 순간에— 잠시 망설였다.

망설이고 말았다.

결국 그 탓에 공격이 늦어졌다.

첨인형을 막을 수 있는 천재일우의 기회는 그때밖에 없었다.

그 이상으로 허를 찌를 기회는 이제 오지 않겠지.

이 전장에서 애슬리를 죽일 수 있는 기회를 놓쳐버렸다.

—각오를 다졌다고 생각했었다.

애슬리를 탈영병으로 보고하겠다고 결심했을 때, 다음에 다시 만난다면 쏠 각오도 굳혔었다. 애슬리와 적으로 만나게 될 것을 그때 분명하게 재확인하지 않았던가.

그런데— 어떠했는가.

막상 애슬리의 얼굴을 본 순간, 레인을 손을 멈춰버렸다.

1초에도 미치지 못한 일순간이었지만, 레인은 사격을 주저하고 말았다. 수많은 사람을 죽였음을 목격했는데도, 적인데도 불구하고 쏠 수 없었다.

자신의 약한 마음.

단순한 마주침에 흔들린 결심.

어째서 그때— 애슬리를 곧장 죽이지 않고 망설이고 말았을까.

돌이킬 수 없는 결과와 주체할 수 없는 후회만 남았다.

그리고.

"괜찮아, 레인."

"……?"

"우리는『악마의 탄환』을 가지고 있어. 그 탄환을 써서 세계를 바꾸면 이 도시에서 일어났던 전쟁은 없어지는걸. 이번에 죽은 사람들도 도시도 세계가 바뀌면 전부 돌아오잖아."

그렇게 말한 애슬리의 목소리에는 변명이나 거짓말은 전혀 느껴지지 않았다.

애슬리는 단지 자신이 믿는 사실로서「세계가 바뀌면 돌아온다」라고 말한 셈이다.

하지만 레인은 알고 있었다.

악마의 탄환은 결코 만능이 아니다.

아니, 만능은커녕 전혀 예상하지 못한 결과를 불러오는 경우가 대부분이다.

애슬리가 어디에서 누구에게 무엇을 듣고 악마의 탄환을 알게 되었는지, 아니면 스스로 생각해서 추측한 결과인지는 알지 못한다.

하지만 결정적인 인식의 차이가 존재했다.

즉, 애슬리가『전부 돌아온다』라는 인식으로 도시를 파괴했다는 것.

하지만— 레인은 알 수 있었다.

'아니야, 애슬리, 절대—.'

—절대로.

악마의 탄환은 그렇게 편리하게 작동하는 힘이 아니다.

레인은 잘 안다.

확신에 가까운 앎이다.

이번 전투는 어떤 방법으로도 다시는 없애지 못하리라.

그것은 어디까지나 직감이었으나, 그럼에도 수없이 이 탄환을 써왔던 레인은 알 수 있었다.

이 참극은 절대로 다시 돌이킬 수 없다—.

아니— 단 하나 가능성이 있다면.

'나는—.'

쏘아 꿰뚫어야 할 인간은 한 명.

그 대상은 한쪽 눈이 날아갔는데도 레인을 꽉 안아주는—곁에 있는 소녀를 지우는 것.

'나는, 쏠 수 있나……. 아니, 쏠 수밖에 없어…….'

시야는 이미 어두워지고 있었다.

그럼에도 레인은 결심을 굳히는 한편, 한 가지 예감이 들었다.

그것은.

—이 소녀를 죽이게 될 사람은, 틀림없이 자신이라는 것.

이윽고 검은 기체는 도시에서 자취를 감췄다.

끔찍한 수의 인간을 불사르고 짓밟아 너무나도 많은 희생을 남긴 채.